Marie Hooper
A Élisabeth

Elizabeth
Dromer
418-986-1170

D1331873

La Maison du magicien

Illustration de couverture :
d'après photo Pam Francis © Getty Images

Titre original : *At the House of the Magician*
Édition originale publiée par Bloomsbury Publishing Plc, Londres, 2007
© Mary Hooper, 2007, pour le texte
© Gallimard Jeunesse, 2008, pour la traduction française

MARY HOOPER

La Maison du magicien

Traduit de l'anglais
par Bee Formentelli

GALLIMARD JEUNESSE

Pour Kevin et Stephen, avec tout mon amour

Les mots suivis d'un astérisque sont expliqués dans un glossaire p. 281.

Chapitre un

Je me trouvai un petit emplacement bien net à l'extrémité du pré communal, tout contre la haie d'aubépines. De l'autre côté de cette haie s'étendait un champ moissonné où l'on avait laissé les oies picorer les éteules afin qu'elles commencent à engraisser pour la Noël. Tandis que je déballais mes faisceaux de lavande, je les entendais s'appeler tout en grattant et becquetant la terre desséchée et, de temps à autre, battre des ailes pour tenter de se rafraîchir.

Je sortis de mon panier une étoffe de lin propre et l'étendis sur l'herbe en fredonnant une ballade, non sans prendre soin d'aplatir au fur et à mesure pâquerettes et boutons-d'or. On était au début de septembre, et notre village fêtait la Saint-Michel, un jour de réjouissances, aussi avais-je le cœur joyeux en disposant ma marchandise sur l'étoffe de lin. J'étais absolument certaine de vendre toute ma lavande et j'avais l'intention de m'acheter quelque chose de très joli avec l'argent que j'en tirerais.

Près de moi se trouvait Harriet Simon, qui proposait tout un choix de biscuits maison, soigneusement étalés sur un banc. « Croquets au sucre et aux amandes, croquets bien croustillants ! », répétait-elle à voix basse, mettant ainsi au point son boniment pour attirer les clients. À son côté, il y avait la vieille Mrs Robert avec ses porte-bonheur faits de coquillages ; un peu plus loin, une ménagère vendant des œufs et des entremets sucrés ; puis un charlatan devant sa table chargée de flacons de toutes les couleurs : lotions et potions, teintures* et remontants. J'étais incapable de déchiffrer la bannière qui flottait au-dessus de sa tête, mais Harriet, qui savait lire, m'expliqua que le bonhomme prétendait guérir toutes les maladies connues de l'homme et même un certain nombre d'affections inconnues.

Il y avait une quantité innombrable d'autres étals, sans parler des colporteurs qui allaient et venaient dans le pré. Mais j'étais la seule à vendre des faisceaux de lavande. J'en avais confectionné dix-sept. Chacun d'eux comportait vingt et une longues tiges recourbées sur les fleurs, entrelacées à l'aide de rubans émeraude, écarlates ou blancs et attachées par un nœud. J'aurais aimé en avoir davantage à vendre, mais je manquais de place pour planter ma lavande et je devais me contenter de six petits buissons que j'avais dissimulés dans des coins et recoins autour de notre chaumière : sous une très haute rame de pois grimpants, à l'arrière de la remise, ou à l'ombre d'un chou géant. Mon père en effet ne souffrait pas de voir dans son jardin des plantes qui ne rapportaient pas. Une nuit qu'il était un peu gai pour avoir bu trop de bière, il avait découvert trois de mes précieux jeunes plants et s'était empressé de les arracher pour les donner à manger au cochon. Soit dit en passant, je me demande bien pourquoi on dit qu'un homme qui boit est gai, alors que c'est, semble-t-il, tout le contraire : quand il boit, Père n'est jamais gai ; il est seulement de plus mauvaise humeur encore que d'habitude.

La lavande rapportait, bien entendu, mais Père n'en savait rien. Il ignorait que chaque année, depuis ma petite enfance, je soignais mes buissons de lavande, cueillant les tiges au bon moment – juste avant que les fleurs ne s'ouvrent –, les assemblant en bouquets et les suspendant au soleil pour les faire sécher. L'argent que je gagnais en vendant ma production était toujours divisé en trois parts : avec la première, je m'offrais quelque chose de joli – vêtement ou colifichet ; la deuxième, je la donnais à M'man pour qu'elle la dépensât à sa convenance ; quant à la troisième, je la gardais pour acheter les rubans qui me serviraient à confectionner les faisceaux de l'année suivante.

Lady Ashe, qui était de haute naissance et parlait un langage très soutenu, ouvrit les festivités. Lady Ashe, épouse de Sir Reginald Ashe, le seigneur du domaine, avait été en son jeune temps dame d'honneur de notre bonne reine Elizabeth. Je me suis souvent dit que son existence passée avait dû être palpitante, car Milady se trouvait à la cour à l'époque où la reine et elle étaient encore jeunes filles, et elle avait sans doute bien des histoires à raconter sur les intrigues de la vie de cour, les complots et l'amour non payé de retour, la danse et les ménestrels – que sais-je encore ? Et elle était au service de la reine – imaginez un peu ! Assurément, aucune autre position sociale ne pouvait être plus enviable, aucun mode de vie plus agréable et plus charmant. Tout en rêvant de nouveau à cela, je tâtai le petit souvenir que je portais toujours autour du cou. Bien souvent, ma famille me taquinait à propos de ce colifichet, car ce n'était qu'un groat* percé d'un trou en son milieu – et qui plus est, un faux groat non pas en argent mais en métal ordinaire qui me noircissait la peau du cou quand il faisait chaud. Il n'en était pas moins estampillé d'un profil de notre reine pour laquelle j'éprouvais un attachement indéfectible, c'est pourquoi je ne le quittais pas.

Ce jour-là, fête de la Saint-Michel, Lady Ashe, toujours très élégante, portait une robe de soie rouge dont le corsage était chargé de pierreries et rehaussé d'une grande collerette de dentelle – d'un modèle si incroyable que je ne pus m'empêcher de m'approcher pour la voir de plus près et l'admirer tout à loisir. Elle semblait s'élancer de part et d'autre de son visage comme les auvents d'une maison ou plutôt comme deux ailes recouvertes d'une délicate broderie et dont le bord dentelé monté sur une armure* de fil de laiton supportait, à chacune de ses pointes, une gouttelette d'or pur qui oscillait et frémissait au moindre mouvement. Sa chevelure haut relevée était entrelacée de torsades de perles, et son visage très blanc avait, lui aussi, le lustre nacré des perles, comme s'il avait été longuement poli.

Elle n'avait rien d'une beauté, mais le soin apporté à sa tenue et à sa coiffure comme la magnificence de ses joyaux lui donnaient un éclat incomparable, et toutes les autres femmes présentes à la fête avaient l'air, auprès d'elle, plus ternes et mal habillées les unes que les autres – moi la première. Avec ma jupe et mon corsage – pourtant taillés dans une batiste délicate d'un bien joli ton vert pomme –, je me sentais mal fagotée, car j'avais hérité ces vêtements de ma sœur, et ils étaient horriblement démodés. Je ne pouvais m'empêcher de regarder Lady Ashe avec une admiration mêlée d'envie. « Ah, me disais-je, si seulement une de ces larmes d'or pouvait tomber de sa collerette et rouler à terre ! » Il me suffirait d'une seule de ces perles (je n'ignorais pas la valeur d'un tel objet) pour libérer mon plus jeune frère de son engagement (il était apprenti chez un fabricant de cercueils pour le compte d'un créancier), soulager notre mère du fardeau de son travail de gantière (elle souffrait terriblement des yeux à présent), et même acquérir un petit lot de terre cultivable. « Comme il est étrange, pensais-je, qu'on puisse acheter toutes ces choses avec une minuscule perle ! Mais je savais bien que les hommes se livraient des guerres sans merci et tuaient leurs semblables pour de l'or, et j'avais aussi entendu dire que l'on déboursait des sommes considérables pour permettre aux alchimistes de découvrir la poudre subtile censée changer en or les métaux ordinaires.

Lady Ashe invita chacun à prendre plaisir à tous les spectacles (jongleurs, funambules, etc.) et à dépenser sagement son argent aux multiples éventaires du marché, ajoutant qu'elle irait à la foire d'embauche qui se tenait ce jour-là sur le pré communal de Brownlow afin de se procurer deux ou trois nouvelles servantes. Ces derniers mots ne manquèrent pas de susciter quelque émoi dans la foule : çà et là, on soupirait, on se tapotait les cheveux et on lissait ses jupons, on se pomponnait et se bichonnait. Bien des filles en effet auraient donné n'importe quoi pour être engagées au manoir de Hazelgrove. Là-bas, disait-on, toutes les servantes – même les filles de cuisine – couchaient sur des matelas fraîchement rembourrés de gaillet* jaune et mangeaient chaque jour de la viande rouge. Une autre pensée qui accéléra les battements de mon cœur me traversa alors l'esprit : le bruit courait que la reine en personne était venue en visite à Hazelgrove pour voir sa vieille amie, Lady Ashe.

Mais à propos, pourquoi ne me rendrais-je pas à la foire de Brownlow, moi aussi ? Peut-être Milady m'engagerait-elle comme servante ? Ce serait une façon comme une autre de me tirer des griffes de mon père, et, par ailleurs, je ne pouvais pas rester éternellement à la maison. Mais était-il possible d'abandonner M'man ? Était-elle capable d'assumer seule notre gagne-pain (la confection de gants pour la gentry*) ? Avec ses pauvres yeux, comment se débrouillerait-elle sans moi pour faire les finitions ? Il me sembla soudain que Lady Ashe portait peut-être bien une paire de gants de notre fabrication, car ils étaient taillés dans la plus belle des peaux, un cuir bleu très souple, et le motif des broderies sur les grands poignets évasés m'était familier. Si tel était le cas, M'man s'était chargée de la coupe et du bâti, tandis que j'avais passé un nombre incalculable d'heures à coudre les fins doigts des gants à petits points si délicats que l'on eût dit l'œuvre d'une fée.

Réflexion faite, peut-être n'irais-je pas me faire embaucher comme servante cette année. Mais je me rendrais néanmoins au pré communal de Brownlow pour voir comment les choses se passaient là-bas, observer qui était engagé et qui ne l'était pas et me demander pourquoi, ce qui me serait sans nul doute très utile pour obtenir plus tard un emploi.

En moins d'une heure, j'avais écoulé tous mes faisceaux de lavande. Après avoir soigneusement serré mon argent dans ma poche, je repliai l'étoffe de lin – la plus belle nappe de M'man – et la rangeai dans mon panier. Je comptais me rendre tout de suite à la foire d'embauche, mais je ne pus résister au plaisir d'aller d'abord jeter un coup d'œil aux étals du marché pour voir s'il y avait quelque chose de particulièrement tentant parmi les colifichets et les babioles ou les oiseaux chanteurs. C'était une sensation merveilleuse d'avoir des pièces de monnaie dans ma poche – des pièces que je pouvais dépenser à ma convenance –, et cela n'arrivait qu'une fois l'an, car l'argent que nous gagnions, M'man et moi, en confectionnant des gants pour la gentry, revenait directement à Père. Les éventaires offraient, bien entendu, tout un choix d'objets aussi jolis que précieux, les plateaux et paniers des marchands ambulants encore davantage, aussi, après avoir fait deux fois le tour du pré communal, étais-je toujours incapable de me décider entre un corsage brodé, un canari dans une cage en treillis métallique ou une fine chaîne argentée à passer autour de mon cou pour remplacer le simple cordonnet auquel était suspendu mon groat. Qu'à cela ne tienne ! Je prendrais le temps de réfléchir à mon achat et, dans l'intervalle, j'irais regarder selon quels critères on choisissait les gens à la foire d'embauche.

Le pré de Brownlow avait longtemps été un terrain communal où les villageois pouvaient faire paître librement leurs bêtes, mais le seigneur de Brownlow, qui possédait une grande demeure dans les environs, l'avait tout récemment fait entourer d'une très haute haie, suscitant une certaine hostilité au sein de la population. Un des hommes du village avait même essayé d'organiser une manifestation contre cette mesure d'enclosure, mais elle n'avait pas abouti, parce que le seigneur de Brownlow était riche, possédait des acres et des acres de terre et employait à son service quantité de villageois qui avaient montré une grande réticence à s'opposer à leur maître.

Une foule considérable s'était rassemblée sur le pré au centre duquel on avait dressé une tente rudimentaire. Sous cette tente, à l'abri du soleil, il y avait un type qui jouait du violon et plusieurs filles qui dansaient une gigue au son de son joyeux refrain. On y voyait aussi, debout sur des caisses, ceux qui n'avaient pas encore été embauchés. Ils étaient jeunes pour la plupart, car les plus âgés, à ce que m'avait dit ma mère, avaient tendance à s'établir durablement dans leurs emplois ; en outre, étant de santé moins vigoureuse, et donc plus susceptibles de s'absenter pour maladie, ils avaient moins de chances d'être pris.

Il y avait en particulier un nombre assez important de servantes qui attendaient là et un nombre encore plus grand de maîtres auxquels se mêlaient des colporteurs et des camelots vantant leurs rafraîchissements : posset*, eau de rose, vin du Rhin ou hydromel à la framboise. Les gens venaient de partout, car la foire d'embauche n'avait lieu qu'une fois par an. Chacun avait apporté avec soi un objet symbolisant son métier de manière à être facilement identifié :

les servantes tenaient à la main une lavette, les filles de laiterie, un seau, les cuisinières, une cuillère de bois ou une louche. J'aperçus aussi des couvreurs avec de petites meules de chaume, un cardeur* avec un écheveau de laine, ainsi que divers laboureurs et autres ouvriers agricoles.

Leurs employeurs éventuels restaient là à les jauger du regard, à discuter entre eux et sans nul doute à échanger des remarques narquoises sur les vertus – ou tout autre chose – de tel serviteur ou telle servante. De temps en temps, l'un d'eux s'approchait d'un des candidats à un emploi debout sur une caisse et inspectait ses dents pour vérifier si elles étaient saines ou bien tâtait les muscles d'un laboureur pour voir s'il avait la force de conduire un cheval de trait ou de manœuvrer une charrue. Un grand costaud – un forgeron, à en juger par le fer à cheval qu'il avait glissé dans son ruban de chapeau – s'était dénudé jusqu'à la taille pour faire admirer ses muscles et s'attirait des coups d'œil approbateurs de beaucoup de femmes de l'assistance. Je n'étais pas du nombre, car il était trop âgé à mon goût et, en outre, semblait appartenir à ce type d'homme « tout en muscles et sans cervelle » que M'man ne semblait guère priser. De temps à autre, ici ou là, un marché était conclu ; l'employeur et l'employé se serraient la main, et un shilling d'argent était déposé dans la paume du second pour sceller l'affaire.

J'attendis que le type au violon s'arrête de jouer et

les filles de danser pour leur demander s'ils avaient déjà été engagés.

– Bien sûr ! dit l'une en renouant les rubans de son chapeau et en prenant son seau – car c'était une fille de laiterie. À peine arrivée ici, j'ai été engagée par un très aimable gentleman-farmer.

Elle me sourit, et je vis combien elle était jolie avec ses yeux d'un bleu profond et ses boucles blondes. Il n'y avait rien d'étonnant à ce qu'elle eût été choisie aussi promptement.

– Et comme nous sommes sœurs, j'ai été engagée, moi aussi ! ajouta la fille qui l'accompagnait.

– Il y a tout de même de pauvres filles, chuchota la première, qui sont là à attendre depuis une bonne heure sinon deux.

Je jetai un coup d'œil aux malheureuses toujours juchées sur leurs caisses. Quelques-unes d'entre elles avaient l'air assez mal à l'aise. Je ne pus m'empêcher de noter que les laissées-pour-compte étaient chétives et pâlottes ou bien grassouillettes et donc susceptibles de beaucoup manger et d'être d'un entretien coûteux.

– Mais tu ne portes aucun symbole sur toi. C'est quoi, ton métier ? demanda la plus jolie.

– Je suis gantière, répondis-je, mais je ne veux pas faire ça toute ma vie, ajoutai-je en regardant d'un air songeur les filles alignées devant nous. Peut-être pourrais-je être couturière – ou même bonne à tout faire.

– Je crains que les meilleures places ne soient parties, dit l'autre fille.

– Lady Ashe est-elle déjà venue ? demandai-je.

Elles hochèrent la tête.

– Oui. Elle a choisi trois filles !

– Oh ! m'écriai-je, navrée.

Mais je n'étais pas encore prête. Je n'y avais pas pensé suffisamment à l'avance ni n'avais même demandé à M'man son opinion sur le sujet.

– Ce qu'il faut faire, c'est arriver ici très tôt, expliqua la première, et tu as des chances d'être prise. Si quelqu'un qui ne te plaît pas veut t'embaucher, tu peux refuser et attendre une meilleure offre.

– Et si personne de mieux ne se présente, ajouta sa sœur, tu peux toujours dire au gent'man qui t'a fait la première proposition que tu as changé d'avis.

Après avoir remercié les deux sœurs pour leurs précieux conseils, je retournai au marché, bien décidée cette fois à acheter la chaîne d'argent. En traversant le pré, j'aperçus les danseurs de morris dance* – une danse folklorique –, et je m'arrêtai pour les regarder un moment. J'applaudissais en riant à leurs gambades et cabrioles quand je sentis une main s'abattre lourdement sur mon épaule.

Il ne s'agissait certes pas d'une étreinte affectueuse, comme on en échange entre amis, mais d'un étau puissant, et, à la manière caractéristique dont chacun des doigts s'enfonçait dans ma chair, je compris aussitôt qui cela pouvait être.

– Père ! m'écriai-je en me retournant brusquement pour lui faire face.

– Ah, fille rouée, fripouille, vaurienne, dit-il en tanguant légèrement sur ses jambes, t'as toutes les raisons d'avoir peur, car j'ai entendu dire qu'à mon insu, tu t'étais installée comme marchande à l'étal.

J'étais incapable d'ouvrir la bouche tant j'étais terrorisée. Sans aucun doute quelqu'un m'avait-il vue au marché et en avait-il averti mon père.

– Et pire, continua-t-il, tu as vendu ce qui appartient à la famille.

– Non, non, répliquai-je, c'était pas le bien de la famille... C'était juste un peu de lavande que j'avais plantée et soignée moi-même.

Il me secoua brutalement sans desserrer l'étau de fer de sa main sur mon épaule gauche déjà douloureusement meurtrie.

– Que t'avais plantée sur mon terrain ! Et soignée en prenant sur mon temps – le temps que t'aurais dû passer à confectionner des gants avec ta mère !

Rien qu'à la façon dont il prononçait les mots sans les articuler, je voyais bien qu'il sortait de la taverne. Ah, si seulement j'avais déjà dépensé l'argent que j'avais gagné ! Connaissant par avance la suite des événements, je regrettais amèrement qu'il n'en fût pas ainsi.

– Mais, bon, donne-moi c'que t'as gagné aujourd'hui, et on n'en parle plus.

Je réfléchis. Si je lui cédais quelques-unes de mes

pièces, peut-être serait-il satisfait? En réalité, la chose me semblait difficile, voire impossible, car dès qu'il aurait vu ce qu'il y avait dans ma poche, il prendrait le tout, c'était sûr et certain.

L'étau de sa main sur mon épaule se resserra encore.

– Je suis le chef de la maison et ton seigneur et maître, déclara-t-il. Fourre-toi bien ça dans la tête, tout ce que gagne un membre de ma famille m'appartient.

Je n'eus pas le courage de lui répondre et me bornai à secouer légèrement la tête. Ce simple geste suffit à le mettre hors de lui.

– Donne-moi tout de suite c'que t'as ou j'te le prends de force et j'te tanne le cuir par-dessus le marché.

Je regardai derrière lui, évaluant la distance qui me séparait de la grille du pré. J'avais toutes les chances de le semer à la course, mais en ce cas, il me réglerait mon compte plus tard, à la maison, et M'man en serait malade. «Non, me disais-je, il vaut mieux lui tendre l'argent là, maintenant, et en finir avec cette histoire.» J'étais toutefois incapable de m'y résoudre.

M'étreignant alors l'épaule droite de son autre main, il se mit à me secouer en tous sens. J'en avais la tête qui bringuebalait et je finis par me mordre la langue.

– T'oses donc me défier, petite misérable? demanda-t-il.

Effrayée à présent, car c'était un homme grand et fort, j'avançais la main en direction de ma poche, presque décidée à renoncer à ce que j'avais gagné, quand une pensée arrêta mon geste. J'avais donc soigné mes buissons de lavande toute l'année, méticuleusement choisi les couleurs de mes rubans, confectionné avec amour mes faisceaux – et tout ça pour qu'en une seconde, mes précieux gains me soient arrachés ! C'était trop injuste ! Non, non, je ne pouvais pas, ne voulais pas le faire.

– T'oses donc me défier ? répéta-t-il.

Sur ce, levant la main, il me donna un coup de poing en pleine figure, qui fit jaillir des larmes de mes yeux et surtout me jeta soudain dans une colère noire. Allais-je donc rester plantée là et me laisser rosser devant la moitié du village ? Non, il n'en était pas question ! Tandis qu'il ramenait sa main en arrière pour m'assener un autre coup, je me dégageai d'un mouvement brusque et le repoussai. Esquivant ses bras qui battaient l'air, je m'enfuis en courant à travers le pré, non sans bousculer au passage les danseurs de morris dance, ce qui me valut quelques insultes.

Arrivée à la grille du pré, je m'arrêtai et me retournai. Mon père n'avait pas essayé de me poursuivre, mais il m'observait, les poings sur les hanches, avec une expression sarcastique et méprisante sur laquelle je ne pouvais me méprendre. « Je ne vais pas me fatiguer à courir après toi, signifiait-elle, mais tu ne perds rien pour attendre, ma fille ! Je m'occuperai de toi plus tard, à la maison ! »

Je traversai à toute allure la place du village et

dévalai en trombe le sentier menant à notre chaumière comme si j'y étais contrainte et forcée. Mais à quoi bon ? me demandai-je. Père finirait par prendre l'argent, c'était sûr et certain. Aujourd'hui ou demain – peu importait –, il prendrait mon argent, oui, et il me battrait par surcroît.

C'était là ma vie, et je n'en avais pas une bien haute opinion.

Chapitre deux

– Tu dois fuir au plus vite cet endroit, déclara M'man après avoir écouté mon histoire, le front plissé par l'angoisse. Il faut absolument que tu sois loin d'ici avant son retour. Je lui dirai que je ne t'ai pas vue depuis ton départ pour la foire ce matin.

Je sentis les larmes me monter aux yeux.

– C'est pas que j'aie envie de me séparer de toi, Lucy, répondit-elle avec les mêmes larmes dans les yeux. Mais je crains pour toi, ajouta-t-elle en posant le morceau de cuir brun sur lequel elle était en train de travailler pour m'attirer à elle. Il a un tel caractère que je tremble sans cesse pour ta vie. Si je pouvais, je lui tiendrais tête et te protégerais…

– Ça ne servirait à rien, dis-je en jetant un coup d'œil à la petite silhouette menue de ma mère.

En outre, la veille au soir, mon père avait flanqué à M'man un violent coup de poing qui l'avait jetée à terre, après quoi, il l'avait frappée à coups de pied comme un chien. Et ce n'était pas tout. Elle avait aussi, sur le côté droit du visage, une vilaine ecchymose violette qui ne cessait de s'étendre : la semaine précédente, il lui avait jeté un tranchoir* de bois en pleine figure.

J'enfouis mon visage dans son sarrau. Elle sentait le savon à la camomille et la fumée de feu de bois, bref, l'odeur de la maison.

– J'ai peur, M'man…, commençai-je.

– De lui ? Bien sûr que tu as peur de lui !

J'acquiesçai d'un signe de tête.

– De lui – de mon père –, oui. Mais aussi de partir. Où donc irais-je ?

Elle réfléchit un instant.

– Vaut mieux pas rester dans le coin, dit-elle. Pourquoi pas essayer Londres ? Paraît que là-bas, on peut trouver des emplois de toutes sortes.

– Mais que pourrais-je faire ?

– Tu pourrais faire cent choses différentes, Lucy, car tu as toujours été une enfant très maligne. Tu pourrais travailler comme bonne dans une grande maison, faire la cuisine – s'il s'agit de plats simples – ou servir à table. Tu pourrais aussi faire la tournée des maisons avec une vache laitière ou encore fabriquer des potions et des simples* pour un apothicaire. Il y a toujours du travail dans la grande ville pour ceux qui en cherchent.

– Mais comment te débrouillerais-tu sans moi ?

– Ne t'inquiète pas pour moi, mon ange, répondit-elle en me caressant les cheveux. Et ce serait déjà beaucoup pour moi que de te savoir hors de sa portée. Depuis des mois, vous êtes incapables de vous entendre.

M'man disait la pure vérité. Père était homme à vouloir imposer sa volonté – et s'il lui fallait insulter, malmener ou même frapper quelqu'un pour qu'il s'y plie, eh bien, il n'hésitait pas. Lorsque j'étais plus jeune, ses façons de faire ne m'avaient guère pesé, car il travaillait la terre de longues heures durant, et nous ne le voyions pas beaucoup. Mais voilà deux ans, il avait perdu son travail d'ouvrier agricole et il passait à la maison une bonne partie de son temps. Il restait assis là à broyer du noir et à se plaindre, quand il ne se gaussait pas de la prétendue lenteur avec laquelle je travaillais à la confection de mes gants, disant qu'il devrait se coltiner toute sa vie sa lamentable fille trop quelconque pour trouver un mari. Lorsqu'il obtenait un emploi de quelques jours et gagnait un peu d'argent, les choses étaient encore pires, car en rentrant des champs, il allait droit à la taverne et, à peine arrivé à la maison, cherchait la bagarre.

– Pourquoi ne viens-tu pas avec moi, M'man ? suggérai-je d'un ton pressant.

Elle secoua la tête.

– Je suis trop vieille et trop usée pour mendier ma nourriture et passer la nuit dans des granges. Trop vieille pour me traîner jusqu'à Londres. Et comment tout le monde se débrouillerait-il ici sans moi ?

Comment tes sœurs feraient-elles pour gagner leur vie si je n'étais plus là pour m'occuper de leurs enfants ?

Je soupirai, sachant qu'elle disait la vérité et que bien rares étaient les jours – comme aujourd'hui où tout le monde était à la foire – où il n'y avait pas un ou deux de mes petits neveux ou nièces pendus aux jupes de M'man pendant que mes sœurs travaillaient. Tout en essayant de prendre une décision, je jetai un coup d'œil inquiet par la fenêtre pour m'assurer que Père n'était pas en train de descendre le sentier. Était-ce le moment de partir maintenant ? Était-ce le moment que j'attendais depuis longtemps, et pouvais-je vraiment quitter la maison ? D'autres filles du village l'avaient fait et s'en étaient bien tirées, d'après les échos que nous en avions eus : plusieurs d'entre elles étaient bonnes dans une grande maison, une autre, embauchée par un drapier, vendait de la toile de lin, quant à la dernière, elle était devenue patronne d'une taverne.

– Si je m'étais décidée un peu plus tôt aujourd'hui, j'aurais pu travailler pour Lady Ashe, dis-je à M'man. Elle était à la foire d'embauche ce matin.

M'man secoua la tête.

– Elle vit trop près d'ici, et ton père aurait fini par découvrir où tu étais, et il serait venu te chercher. Mais il n'ira jamais à Londres.

– Ce serait comme chercher une aiguille dans une botte de foin.

– Peut-être que tu feras fortune là-bas, poursuivit M'man en continuant à me caresser les cheveux. On dit qu'à Londres, les rues sont pavées d'or.

– Vraiment ?

Elle haussa les épaules et sourit.

– C'est ce qu'on dit. Mais il se peut que ce soit juste une histoire.

Au terme de notre conversation qui se poursuivit encore un peu, il fut convenu entre nous qu'il était préférable pour moi de partir. C'était même la seule solution, en vérité, et, à l'idée d'une telle aventure, j'étais maintenant plus excitée qu'effrayée. D'après nos calculs, Londres n'était guère qu'à deux ou trois jours de bonne marche, car notre village, Hazelgrove, est près de Hampton Court, là où la reine Elizabeth possède un grand palais, et chacun sait qu'elle fait de fréquents allers-retours entre ce palais et celui de Whitehall, à Londres (remarquez qu'elle voyage de préférence par voie d'eau, aussi n'a-t-elle pas à souffrir comme nous autres de la boue, des nids-de-poule et des bandits de grand chemin).

M'man m'aida à rassembler mes quelques affaires – ma jupe et mon corsage de rechange, deux chemises de jour*, de vieux bas de soie tout reprisés qui avaient appartenu à l'une de mes sœurs, et enfin, ma mante –, et elle compléta la somme gagnée avec les faisceaux de lavande par un shilling d'argent, qu'elle avait épargné en cachette de Père. Je fis un petit ballot serré de mes vêtements et les rangeai dans mon panier avec un lot de mouchoirs, une serviette de toilette et un peigne, et M'man ajouta à mon modeste bagage du pain, du fromage et un flacon d'eau.

Notre séparation fut déchirante. M'man avait l'air si vieille, si usée, si rongée par les soucis que je ne pouvais m'empêcher de penser que je ne la reverrais jamais ou alors seulement une fois couchée dans son cercueil. Mais je crois qu'elle se faisait au moins autant de mauvais sang pour moi, car elle me demanda instamment d'être très vigilante, en particulier là où je reposerais ma tête, de n'accorder ma confiance à personne qui ne m'ait donné de raisons de le faire, et surtout de ne pas me laisser abuser par une jolie figure ou un récit à fendre l'âme.

– Veille bien sur ton argent! continua-t-elle, et prends garde aux voleurs et aux filous, car les gens se trouvent parfois dans des situations tellement désespérées qu'ils vendraient leur âme – et la tienne, par-dessus le marché – s'ils étaient certains d'en tirer profit. N'oublie jamais ton rang dans la société et essaye de refréner ta curiosité, Lucy. Il y a des choses que les gens de notre espèce n'ont pas à connaître.

Je lui promis que je me rappellerais toutes ses recommandations et que je m'efforcerais de lui faire savoir comment les choses marchaient pour moi, et, après que nous nous fûmes embrassées et embrassées, je quittai la maison pour toujours. La dernière image que j'emportai fut celle de M'man debout sur le seuil de la porte et qui tantôt m'adressait des signes d'adieu avec son fichu, tantôt se tamponnait les yeux avec. Quant à moi, je versais des torrents de larmes en me moquant bien d'être vue (sans pour autant négliger d'être sur le qui-vive au cas où surgirait mon père).

Une petite heure plus tard, j'avais gagné la Tamise le long de laquelle courait un vague chemin, et Hazelgrove était déjà loin derrière moi. J'avais séché mes larmes et j'avais déjà la tête pleine de grands rêves : je m'imaginais me débrouillant à merveille à Londres, envoyant de l'argent à M'man, et même, un jour, mariée et en mesure de lui offrir un refuge sûr, lui permettant ainsi de quitter Père pour venir vivre avec moi.

Je savais qu'il me faudrait trouver sans tarder un emploi afin de pouvoir subvenir à mes besoins dans la ville, car les autorités étaient sans pitié pour les mendiants qui traînaient dans les rues sans aucun moyen de subsistance : ils étaient jetés en prison où on les laissait croupir pendant un certain temps avant de les ramener dans leurs paroisses respectives, attachés derrière une charrette. Je me jurais que cela ne m'arriverait pas car, à peine rendue dans la cité, je chercherais un travail et je ne reculerais devant aucune tâche pour gagner ma vie, fût-ce la plus humble. En vérité, la seule idée d'être hors d'atteinte de l'humeur de dogue de mon père et de son impitoyable main droite suffisait à me réjouir.

Après trois autres heures de marche, je commençai

à me sentir un peu moins joyeuse, car la semelle de mes souliers d'étoffe était presque usée, et à force de marcher sur le sentier caillouteux et mal entretenu qui longeait le fleuve, je m'étais fait plusieurs coupures sur la plante des pieds et j'avais, par-dessus le marché, une ampoule de la taille d'un penny sous le talon.

Après avoir inspecté ces blessures, je m'écartai pendant un moment de la Tamise pour continuer ma route. La douceur de l'herbe sous mes pieds m'apaisait, et j'espérais trouver là quelque plante bénéfique comme l'œil-de-bœuf que je pourrais écraser et mettre sur mon ampoule. Mais ma recherche fut vaine : sur cette terre ingrate il n'y avait guère que des broussailles. Je finis donc par m'asseoir au bord du sentier et commençai à manger mon pain et mon fromage tout en essayant d'estimer l'heure d'après la position du soleil. Il devait être, à mon avis, environ quatre heures de l'après-midi ; je disposais donc d'environ trois heures pour marcher avant que la nuit ne tombe. Je n'avais néanmoins pas du tout envie de parcourir tout ce chemin, car j'étais fatiguée, j'avais chaud et très mal aux pieds.

Me rendant soudain compte que j'étais assise à un croisement – un de ces lieux où, dit-on, l'on enterre les sorcières –, je me levai d'un bond et retournai au bord du fleuve. Il valait mieux que je reste tout près de la Tamise, car c'était en quelque sorte mon guide ; un ruban d'un gris étincelant qui conduisait à Londres et à mon avenir.

Je décidai que je continuerais à marcher tout en cherchant un abri pour la nuit : grange, arbre creux ou bien haie accueillante. Mais j'avais à peine parcouru un quart de lieue – peut-être même moins – que je commençai à dépasser des pêcheurs sur les berges de la Tamise et des traversiers en activité sur le fleuve, et je sus que je devais me trouver aux abords d'une ville. Et de fait, comme je l'avais prévu, une ferme, puis un grand troupeau de moutons en train de paître surgirent au débouché d'une nouvelle courbe de la Tamise, après quoi j'entendis tinter et chanter des girouettes, et bientôt apparut une vaste bâtisse que je reconnus immédiatement : c'était le palais de Richmond. Quelques années plus tôt, mon frère et ses amis m'avaient emmenée faire un grand tour en barque sur la Tamise en amont de notre village, et ce noble bâtiment avec ses cheminées dressées à la verticale dans le ciel ou élégamment torsadées avait été pour moi un spectacle inoubliable.

J'aperçus d'abord le verger royal, dépouillé en cette saison de tous ses coings et de toutes ses pommes, et à l'arrière, une chapelle ; puis les écuries, une brasserie et deux rangées de petites chaumières. Venait ensuite le grand palais proprement dit, une bâtisse à plusieurs étages surmontée de dômes dorés et de tourelles étincelantes au sommet desquelles on voyait voltiger des bannières et des girouettes qui tournoyaient avec des sons mélodieux.

En longeant les hautes murailles du palais, j'entrevis

à travers les grilles une chambre à glace et une volière, puis un joli jardin à la française avec des haies sculptées en forme de lacs d'amour, des boules de houx toutes brillantes, du buis taillé et du myrte. J'aurais aimé m'attarder davantage en ce lieu au cas où la reine serait apparue à une fenêtre ou aurait fait une petite promenade sur les allées de gravier, mais un des gardes en uniforme du palais m'aperçut et me cria de circuler.

Tandis que les jardins du palais cédaient peu à peu la place aux porcheries et aux écuries, puis aux rangées de légumes et aux buissons de baies, je commençai à chercher sérieusement un endroit où passer la nuit. Le long de la berge, les habitations ne manquaient certes pas, mais elles étaient vastes et imposantes, et appartenaient peut-être aux ministres de la reine. Je me sentais d'extraction beaucoup trop humble pour frapper à la porte et demander la permission de dormir dans une des dépendances. De temps à autre, j'explorais un buisson qui semblait convenir à première vue, mais il se révélait toujours être ou trop bas ou trop piquant ; il y en avait même un qui empestait : sans doute un vagabond l'avait-il utilisé comme cabinets.

À la sortie de Richmond, le fleuve, dans lequel se reflétait le soleil couchant, s'incurvait et s'étirait tour à tour, et, un quart de lieue plus loin, je vis se dresser au loin la silhouette d'une église avant de distinguer, non loin d'elle, une rangée de maisons basses.

Quelques enfants jouaient sur la grève. En approchant, je constatai qu'il s'agissait d'un garçon et de deux filles qui s'amusaient à glisser tour à tour le long de la berge. Ils étaient tous les trois couverts de boue et avaient la figure aussi noire que celle d'un Maure. La marée était basse, et il y avait encore peu de fond, mais à en juger par les remous et les tourbillons que j'apercevais au milieu du fleuve, elle ne tarderait pas à monter.

En passant sur le chemin qui surplombait le petit groupe, j'entendis d'étranges jacassements très aigus qui, à coup sûr, ne venaient pas d'un enfant. Je regardai en contrebas et remarquai que la plus grande des deux filles avait un singe perché sur l'épaule. Je m'arrêtai, fascinée par la jolie tête et les traits menus de la petite créature. Ce n'était pas la première fois que je voyais un singe, car Lady Ashe en possédait un qu'elle promenait volontiers à travers le village et qui avait sa nounou attitrée. Elle avait adopté ce singe, disait-on, dès l'époque de son séjour à la cour, et la reine le lui avait offert comme cadeau de mariage.

J'en conclus que ces enfants devaient appartenir à une famille assez riche pour s'offrir un animal familier aussi coûteux. Mais s'il en était ainsi, pourquoi donc – alors qu'il faisait presque noir – jouaient-ils sur la berge hors de toute surveillance et se roulaient-ils ainsi dans la boue comme des enfants de bohémiens ?

Haussant les épaules, je poursuivis mon chemin en

direction des granges que je distinguais devant moi. Si aucune d'entre elles ne se révélait un bon endroit où reposer la tête, eh bien, décidai-je, il me faudrait peut-être revenir sur mes pas et employer une partie de mon précieux argent à prendre une chambre dans la taverne plus proche. Mais cela, seulement si je n'avais pas le choix.

Je n'avais pas avancé de plus de vingt pas quand j'entendis un cri perçant derrière moi. Je me retournai et vis que la plus jeune des deux filles, âgée d'environ cinq ans, avait glissé un peu trop loin de la berge et était maintenant enfoncée jusqu'à la taille dans l'eau bourbeuse.

– Je ne peux plus bouger ! hurlait-elle à l'adresse de ses deux compagnons. Sortez-moi de là !

L'autre fille éclata en sanglots et cria qu'elle n'osait pas. Le garçon, qui ne devait guère avoir plus de sept ans, essaya bien de s'approcher de la benjamine mais en vain : ses jambes ne tardèrent pas à rester enlisées dans la vase épaisse.

– Au secours ! Oh, venez nous aider ! me lança l'aînée.

Lâchant mon panier, je retournai en courant vers les enfants. Après avoir ramassé au passage une branche solide, je descendis la berge, glissant et dérapant à chaque pas, et jurant à voix basse devant l'affreux spectacle de ma plus belle jupe toute crottée.

Ayant enfin trouvé sur la rive un endroit sûr, non

loin de l'enfant, je m'accroupis et poussai la branche dans sa direction.

– Attrape le bout ! lui recommandai-je. Attrape-le et je te tirerai de là.

Elle pleurait si fort que dans un premier temps, elle fut incapable de faire ce que je lui demandais. Elle ne semblait même pas comprendre mes paroles.

– Fais ce que je te dis, criai-je d'une voix sévère, ou bien tu te noieras !

Elle tendit alors le bras pour saisir la branche et, quand elle en eut agrippé l'extrémité, je commençai à reculer – mais trop vite, car elle lâcha prise et retomba dans la boue, ce qui ne manqua pas de déclencher de nouveaux hurlements auxquels la plus âgée des filles joignit les siens. Je persévérai, lui expliquant comment empoigner le bâton et le serrer de toutes ses forces, puis, tandis que je commencerais à la tirer, comment se lancer en avant.

– Essaye, essaye encore, voyons ! Fais tout ton possible ! m'écriai-je en entendant derrière nous et tout autour de nous l'eau faire des remous et tourbillonner, ramenant à la surface bulles et fragments de boue au fur et à mesure que la marée montait.

Je tirais dur et elle se cramponnait fermement à la branche. Et soudain, je perçus un son creux de ventouse : son corps s'arrachait enfin du trou autour duquel la vase se refermait. Je traînai la fillette vers moi, vers l'endroit plus sûr où je me tenais et la remis debout.

– Votre mère vous laisse-t-elle toujours ainsi jouer dans le fleuve ? demandai-je aux deux enfants d'un ton plutôt sévère.

L'aînée secoua la tête d'un air affligé et le singe sur son épaule l'imita.

– À la maison, ils ne savent pas que nous sommes ici, dit-elle entre deux reniflements.

– Ils le sauront bien assez tôt, dis-je en jetant un œil sur l'allure pitoyable des enfants, puis sur mes propres vêtements, irrémédiablement gâtés, car nous avions l'air de sangliers qui viennent de se rouler dans la boue.

Je pris la plus jeune, qui pleurait toujours, dans mes bras. Les deux fillettes se ressemblaient beaucoup avec leurs petits nez pointus, leurs yeux d'un bleu lumineux, et leurs longs cheveux blonds tout bouclés qui semblaient ne pas avoir connu l'usage du peigne depuis un certain temps.

– Je ferais mieux de vous ramener chez vous, dis-je, d'un ton plus aimable, cette fois. Comment vous appelez-vous ?

– Mon nom est Elizabeth mais tout le monde m'appelle Beth, répondit l'aînée des filles, et ma sœur, c'est Merryl.

Je me tournai alors vers le garçon, mais il avait réussi à dégager ses pieds de la boue et escaladait déjà la berge à toute allure – un vrai lapin !

– C'est juste un garçon du village, commenta Beth.

Serrant dans mes bras la petite Merryl toujours en

larmes, je grimpai à mon tour la berge glissante. J'avançai avec une grande prudence, car l'eau derrière nous montait très vite, et je craignais de tomber.

– Quel est ce village ? m'enquis-je.

– Il s'appelle Mortlake, dit-elle en me saisissant fermement la main.

– Et où habitez-vous exactement ?

– Dans la Maison Noire, répondit-elle au moment où nous arrivions en haut du sentier.

J'étais sur le point de demander à Beth où se trouvait cette Maison Noire quand je vis se dresser devant moi, sur la rive du fleuve, une habitation à l'aspect rébarbatif qui correspondait parfaitement à son nom. Elle avait un toit de chaume envahi par la mousse, des murs goudronnés par mesure de précaution contre les intempéries, et de minuscules fenêtres, si poussiéreuses qu'on ne pouvait quasiment rien distinguer au travers, bien qu'elles fussent en verre. J'étais passée devant cette maison quelque temps auparavant, mais sans la voir, car le crépuscule tombait, et elle s'était fondue dans l'obscurité pour ne plus faire qu'un avec la nuit envahissante.

– C'est cette maison ? dis-je en la désignant du doigt.

Elle hocha la tête, et je ris en voyant le singe l'imiter.

– Y a-t-il quelqu'un ? demandai-je, car l'endroit semblait désert.

– Mrs Midge, répondit vaguement Beth. Et aussi notre mère, bien qu'elle soit…

Je n'entendis pas la fin de la phrase, car j'étais occupée à ouvrir un portail branlant qui grinçait horriblement. Il ouvrait sur un passage très sombre que seule éclairait la lumière vacillante d'une chandelle fichée dans une applique murale en étain.

Après avoir fait passer Merryl d'un bras sur l'autre, je me mis à marcher en direction d'une porte située à l'autre bout du couloir. C'est à cet instant précis que j'éprouvai une sensation extraordinairement étrange où se mêlaient pressentiments, frissons de peur et attente fiévreuse. Étais-je déjà venue dans cet endroit ? Avais-je déjà parcouru un jour ce même passage – ou en avais-je simplement rêvé ? Quoi qu'il en soit, je sentais et savais que ce lieu allait revêtir une signification particulière pour moi.

Chapitre trois

La porte de service de la Maison Noire, en bois massif, était cintrée et munie de gonds en fer rouillés et d'un heurtoir. Beth la poussa, et je pénétrai à sa suite dans une pièce inconnue, redoutant quelque peu ce que j'allais y trouver.

C'était en réalité une simple cuisine, aussi faiblement éclairée que le passage, et dont le plancher de bois était jonché de roseaux défraîchis et malodorants. Au milieu de la pièce trônait une grande table sur laquelle s'empilaient en grand désordre tranchoirs, bols et étains sales. Cet affreux spectacle eût horrifié M'man, car elle pensait, et nous avait inculqué, à mes sœurs et à moi, que tenir sa cuisine propre et bien rangée était un des devoirs les plus importants d'une femme. Un énorme fourneau occupait tout un côté de la pièce, et au-dessus de ce fourneau s'étageaient de longues planches de bois chargées de tous les ustensiles de cuisine indispensables : brasero*, écumoires et louches, chaudrons, poêlons et moules entassés n'importe comment. Toutefois, malgré cette profusion d'ustensiles à quoi s'ajoutait toute une batterie de casseroles de cuivre suspendues sur le mur d'en face, rien n'indiquait que l'on préparât un repas : ni odeurs alléchantes, ni poulet ou pièce de bœuf qui tournât sur la broche au-dessus du feu – lequel, de toute façon, semblait presque éteint.

– Où est votre nounou ? demandai-je à Beth. Et, à propos, avez-vous une nounou ?

La fillette haussa les épaules.

– Partie, envolée ! dit Merryl.

Je fis asseoir Merryl sur un tabouret et regardai les deux enfants, perplexe. J'étais bien, à ce qu'il semblait, dans une riche maisonnée, et pourtant, les enfants y étaient étrangement négligées.

– Eh bien alors, votre mère, continuai-je. Où est votre mère ?

Il y eut un moment de silence. Aucune des deux fillettes n'avait l'air de vouloir me répondre. L'espace d'un instant, je me demandai si, par hasard, je n'étais pas tombée sur une maison abandonnée où seules ces deux-là étaient restées.

– Je vous l'ai déjà dit, finit par répliquer Beth. Elle est en couches*.

– Elle vient d'avoir un enfant ?

– Notre frère, répondit Merryl qui ajouta très correctement : C'est l'héritier de notre père, et il s'appelle Arthur.

– C'est exact, dit Beth. Et il est très petit, et tout rouge.

Tout à coup, le singe perché sur l'épaule de la fillette bondit pour atterrir avec fracas sur la table de bois, bousculant au passage plusieurs tranchoirs et deux gobelets d'étain qui tombèrent sur le sol, aggravant encore le chaos général.

– Mais qui s'occupe de vous ? insistai-je.

– Personne, fit Merryl d'un air vague.

– Mrs Midge, notre cuisinière, dit Beth.

À ce moment précis, j'entendis des pas dévaler un escalier dans une autre partie de la maison et une voix de femme gronder et grommeler comme si elle s'adressait à un pêcheur endurci. Puis la voix se rapprocha, et bientôt, sa propriétaire entra dans la cuisine pour s'arrêter net et pousser un cri en nous apercevant toutes les trois.

– Oh, Seigneur Dieu ! s'écria la femme. Quoi ? Trois créatures sorties du marais ?

Merryl, qui avait cessé de pleurer depuis un moment, se mit à pouffer.

– Mais non, voyons ! dit-elle. C'est seulement nous. Beth et moi…

– On jouait sur la berge…

– Et tout à coup, je me suis enlisée dans la vase, je ne pouvais plus bouger, et j'ai failli me noyer !

– Et notre amie nous a secourues, termina Beth.

Mrs Midge tira un tabouret des cendres de la vaste cheminée et s'effondra dessus. C'était une femme de haute taille à l'allure plutôt débraillée, avec une robe malpropre et une figure rougeaude – une femme corpulente, bien entendu, car je ne connais pas de cuisinière qui ne soit aussi vorace qu'un pourceau. Son tablier était couvert de taches, les rubans de son bonnet tout effilochés aux extrémités, et ses cheveux, rêches et gris, lui tombaient dans la figure.

– Seigneur ! Seigneur ! répétait-elle en se tordant les mains tandis qu'elle examinait les enfants de la tête aux pieds. Comment est-ce que je vais faire pour vous décrasser ?

– Il faut qu'on prenne un bain dans le tub et que tu nous laves, s'écria joyeusement Merryl. Mets tout de suite l'eau à chauffer !

– Mais le tub est troué, déclara Beth.

– Alors, conclut Mrs Midge en fronçant les sourcils, il faut que je vous lave dans le grand cuveau à rafraîchir, sinon j'arriverai jamais à vous nettoyer comme y faut.

– Et notre amie, demanda Beth. Doit-elle aller, elle aussi, dans le cuveau à rafraîchir ?

Après m'avoir inspectée sur toutes les coutures, la cuisinière eut une petite exclamation désapprobatrice :

– Tut, tut, tut ! Je ne peux pas m'occuper de son bain, en plus du vôtre.

Je me sentis bouillir d'indignation en entendant ces paroles, car j'attendais toujours qu'elle prêtât un peu d'attention à mon existence et même – c'était après tout dans l'ordre des choses – qu'elle me remerciât d'avoir sauvé les enfants.

– Excusez-moi, fis-je, je sais bien que, couverte de boue comme je suis, je présente un aspect peu engageant, pour ne pas dire repoussant, mais si je suis dans cet état, c'est parce que je me suis portée au secours de Merryl qui était en train de se noyer.

– Hum ! se borna à répondre Mrs Midge en serrant les lèvres.

Mon sang ne fit qu'un tour.

– Auriez-vous préféré que je la laisse se noyer ? explosai-je. Elles jouaient toutes les deux, seules au bord de la Tamise sans personne pour les surveiller, et si je n'étais pas passée par là au bon moment, il leur serait arrivé malheur.

– C'est vrai, dit Beth.

Sur ce, elle bondit pour attraper le singe, et, dans sa brusquerie, fit tomber par terre plusieurs tranchoirs et un bol de cuivre. Le singe s'enfuit en criaillant, sauta sur la plus haute des étagères surplombant la cheminée et jeta une louche qui manqua de peu la tête de Mrs Midge.

– Seigneur, oh, Seigneur, Dieu du Ciel ! s'écria-t-elle. Ce maudit animal !

Ignorant le singe, je m'efforçai d'enlever à la main la boue qui formait une véritable croûte sur mes bras tout en gémissant sur l'état de mon corps-de-jupe et de mon bas-de-jupe vert pomme.

– J'étais parfaitement convenable quand je suis partie ce matin, déclarai-je d'une voix aussi impérieuse que possible, et me voilà à présent dans un état épouvantable. Je pensais avoir mérité au moins quelques mercis pour avoir sauvé...

Je m'interrompis brusquement et poussai un cri étouffé : je venais de m'apercevoir que, dans ma hâte à secourir Merryl, j'avais lâché mon panier et n'avais pas pensé à le récupérer après.

Aussitôt, je me ruai hors de la cuisine, dévalai à toutes jambes le long passage et me précipitai en direction du chemin de halage, mais mon panier s'avéra introuvable. Je fondis en larmes. Comment avais-je pu être assez stupide pour le quitter des yeux un seul instant ? Certes, mon argent était en lieu sûr au fond de ma poche, mais la seule tenue qui me restât était couverte de boue et immettable. Je n'avais pas de souliers dignes de ce nom, pas de chemise de jour, pas de châle, pas même un mouchoir à moi – rien !

Mrs Midge apparut sur le seuil de la porte, une chandelle à la main.

– Que se passe-t-il ? demanda-t-elle.

– Mon panier a disparu ! répondis-je. Et avec lui, ma jupe et mon corsage de rechange et quelques autres petites affaires qui m'étaient chères. Je les avais laissées sur la berge...

– Oh, Seigneur, Seigneur ! s'écria la cuisinière.

Sur ce, elle sortit de la maison en levant haut sa

chandelle afin d'éclairer un peu le sentier devant nous.

– Quelque ignoble traînée l'aura emporté, fit-elle en secouant la tête, et je parie qu'elle se présentera ce soir à son galant avec un panier de jolies choses !

Je luttais contre les larmes. J'avais à peine quitté la maison depuis quelques heures et j'avais déjà perdu les quelques précieux objets que j'eusse jamais possédés. Cela augurait bien mal de ma nouvelle existence à Londres.

– Reviens dans la cuisine, ma petite chérie, dit Mrs Midge d'une voix radoucie. Je n'aurais pas dû être aussi rude avec toi. J'aurais dû, c'est vrai, te remercier chaleureusement d'avoir sauvé Merryl, mais j'ai tellement la tête à l'envers ces derniers jours que c'est tout juste si je me souviens encore de mon nom.

Je soupirai et m'efforçai de prendre un air compatissant, mais je ne pouvais m'empêcher de penser que mes propres problèmes avaient un tout autre caractère d'urgence.

– C'est la maîtresse, tu comprends, continua-t-elle. Entre son accouchement interminable, ses réclamations à tout moment – un petit morceau de viande bien tendre par-ci, un lait de poule reconstituant par là –, la cueillette de roseaux frais pour sa chambre, les boissons chaudes à préparer pour les sages-femmes, et les visiteurs qui débarquaient pour boire à la santé du nouveau-né, je n'en pouvais plus – et j'en ai perdu mes manières.

Tout en hochant la tête, je me tamponnai le nez avec le seul petit coin de ma manche qui n'était pas couvert de boue, puisque je n'avais pas de mouchoir.

– L'intendante est partie après une querelle avec le maître, poursuivit Mrs Midge tandis que nous entrions dans la cuisine, et pour couronner le tout, Jane, la bonne d'enfants, s'est enfuie avec le valet de pied. J'aurais dû le deviner ; plus d'une fois, je les ai surprise à chuchoter dans les coins et à échanger des regards énamourés, mais j'avais du mal à croire que les choses finiraient ainsi.

– Les enfants n'ont donc pas de nounou pour s'occuper d'eux ? demandai-je.

Ce fut à ce moment précis, je crois, que je commençai à penser qu'il pourrait peut-être y avoir un emploi pour moi dans cette maison.

Elle secoua la tête.

– C'est toujours comme ça. Les domestiques ne veulent pas rester ici, comprends-tu.

J'étais sur le point de demander pourquoi quand Beth, qui s'était amusée à tisonner le feu, toucha par mégarde le panier métallique rempli de charbons ardents et se mit à pousser des hurlements. Le singe l'imita, et Mrs Midge laissa échapper un cri d'exaspération.

– Tu vois, dit-elle, c'est une vraie maison de fous ! Une chrétienne peut pas assumer tout ça à elle toute seule.

– Alors pourquoi restez-vous ?

– À cause de ces petiotes, répondit-elle en désignant les deux fillettes. Si je m'en allais, moi aussi, qu'est-ce qui veillerait sur elles ? En outre, je me suis toujours occupée de leur mère – depuis sa naissance –, et je pourrais pas l'abandonner. Et je me demande bien dans quel autre endroit je pourrais être engagée à mon âge. Je suis beaucoup trop vieille pour aller me présenter, toute pomponnée, à une foire d'embauche.

J'aurais aimé en savoir un peu plus à propos de la maisonnée, mais un plan avait commencé à se former dans ma tête.

– Voulez-vous que je mette l'eau à chauffer ? proposai-je. Et après, peut-être pourrais-je rester un peu et vous aider à laver les enfants ?

– Tu n'en tireras rien, répondit-elle du tac au tac. Cette maison n'est plus riche comme elle l'était dans le temps, et le maître est aussi avare que le diable quand il s'agit de débourser son argent.

– Peu importe.

– Et ne t'imagine pas non plus que tu pourras toujours te sauver avec une couple d'écuelles* d'argent cachées sous ta robe, car le maître a un gros chien de garde qui te rattrapera, et…

– Père n'a pas de gros chien, corrigea Beth.

– Tais-toi, mon enfant ! dit Mrs Midge.

– En fait, il n'a pas de chien du tout, glissa Merryl. Mère prétend que ce sont de sales créatures qui sentent mauvais.

Je dissimulai un sourire, espérant ardemment que

47

je pourrais rester là au moins pour la nuit, car j'étais épuisée et sentais que je n'avais pas la force de continuer mon chemin.

– Je peux vous assurer que je ne volerai pas les biens de cette maison, dis-je, avant d'ajouter timidement : Même si j'ai perdu mes affaires en vous aidant…

– Eh bien, à présent…

– Mais si je vous aide à donner le bain des enfants, alors peut-être pourrai-je me laver après avec leur eau – et essayer en même temps de nettoyer ma robe.

– Oh, oui ! s'écria Beth. Laisse-la, s'il te plaît ! Nous voulons qu'elle reste, n'est-ce pas ? ajouta-t-elle en se tournant vers sa petite sœur.

Mais celle-ci avait fermé les paupières, et sa tête était tombée en avant.

Mrs Midge haussa les épaules, et ses lèvres se contractèrent, tandis qu'elle réfléchissait à ce qu'elle allait faire en marmonnant avec humeur. Au bout d'un moment, elle tendit le bras pour attraper un chaudron au-dessus du feu.

– En ce cas, tu ferais mieux de prendre celui-là, déclara-t-elle, mi-fâchée, mi-résignée à la chose. Il y a un puits dans la cour ; tu pourras le remplir là-bas.

Sur ce, elle se mit à trifouiller dans le feu mourant à l'aide d'un tisonnier.

– Je vais aller chercher le cuveau à rafraîchir et quelques bûches pour alimenter le feu… À nous deux, peut-être arriverons-nous à rendre les enfants assez présentables pour aller dire bonsoir à leur mère.

– S'est-elle rétablie après ses couches ? m'enquis-je.

– Oui, elle se sort assez bien de l'épreuve, mais il suffirait qu'elle voie les fillettes dans l'état où elles sont maintenant pour que la pauvre créature soit ramenée sept nuits en arrière.

Je lui pris le chaudron des mains.

– Une fois les enfants propres, est-ce que je pourrai dormir ici dans la cuisine ? Oh, juste pour une nuit ! me hâtai-je de la rassurer. Il sera trop tard pour aller ailleurs, et si je dors ici sur un tabouret près du feu, personne ne s'en apercevra.

– Seigneur, oh, Seigneur ! s'exclama-t-elle en secouant la tête. Je ne sais pas. Si le maître découvrait que j'héberge des étrangers et des vagabonds…

– Je serai partie dès le petit matin avant que quiconque ait pu me voir, répondis-je.

Pensant qu'il était plus sage de ne pas traîner dans les parages pendant qu'elle réfléchissait, j'emportai le chaudron jusqu'à la porte et demandai où se trouvait la cour.

– De l'autre côté du passage, tu trouveras une porte verte sur ta gauche, répondit Mrs Midge. Franchis cette porte, longe le corridor jusqu'au bout, et tu tomberas dessus. C'est juste derrière le portail. Hé, attends un peu ! ajouta-t-elle quand j'eus atteint le seuil de la cuisine. Ne traîne pas en chemin, si tu entends des bruits bizarres, ne t'en occupe pas, et garde-toi bien d'ouvrir la moindre porte, car ce qui a lieu derrière ces portes ne regarde pas les domestiques. Et si le maître venait à passer par là, pense à garder la tête baissée.

– Qui est le maître ici ? m'enquis-je en la regardant bien en face.

Mrs Midge pinça à nouveau les lèvres comme si elle était décidée à ne rien me révéler, puis, après quelques secondes de silence, parut se raviser.

– Bon, je vais te le dire, car où est le mal ? C'est le Dr John Dee.

Je lui lançai un regard intrigué.

– Il me semble que j'ai déjà entendu ce nom.

– Oui, fit-elle en hochant la tête, c'est possible. C'est un grand savant qui travaille pour notre bonne reine.

– Qui travaille pour notre reine…, répétai-je, abasourdie. Que fait-il ?

À nouveau, elle hésita.

– C'est le magicien de la reine, lâcha-t-elle brusquement. À présent, va chercher ton eau et dépêche-toi.

Chapitre quatre

– Alors je peux rester ? demandai-je à Mrs Midge.
Je peux rester juste pour cette nuit ?

– Tu t'es installée confortablement dans ce coin près
du feu, répondit-elle d'un ton aigre, aussi c'est tout
comme si t'étais déjà dans la place. En outre, je pourrais difficilement te chasser d'ici, nue comme Ève,
pas vrai ?

Je m'enveloppai étroitement dans ma couverture.
Elle grattait, elle était vieille et probablement infestée
de puces, mais au moins, elle m'empêcherait d'attraper froid pendant que mes vêtements séchaient sur la
corde à linge au-dessus du feu.

Après que Mrs Midge et moi nous eûmes baigné
et préparé pour la nuit les fillettes, la cuisinière les
avait emmenées à l'étage pour dire bonsoir à leur
mère. J'avais profité de leur absence pour me laver
bras et jambes du mieux que j'avais pu dans une eau
tiède, désormais d'un brun terne, avant de nettoyer
à l'éponge mon corsage et ma jupe. Au retour de

Mrs Midge, je l'avais aidée à traîner la lourde cuve à rafraîchir au bord du fleuve, où nous l'avions retournée, après quoi la cuisinière m'avait servi un petit verre de bière, taillé de grosses tranches de pain, et nous nous étions assises devant le feu. Elle m'avait alors raconté une partie de sa vie et – quand elle m'avait laissé le temps de parler –, je lui avais narré la mienne. Oh, bien entendu, je n'avais pas grand-chose à lui confier, car, hormis mon excursion en bateau à Richmond avec mon frère, je n'avais jamais quitté la paroisse de ma naissance. Je ne pouvais pas me vanter d'avoir un galant, je n'étais quasiment pas allée à l'école, et je n'avais eu d'autre emploi que la confection des gants et la chasse aux oiseaux voraces dans les champs et les jardins. Comme mon histoire, contée à voix haute, m'avait semblé morne et grise – aussi grise qu'une vie de souris des champs, surtout en comparaison de celle de Mrs Midge dans la maison du magicien !

La demeure où nous nous trouvions, m'expliqua Mrs Midge, était très ancienne et infiniment plus grande qu'elle n'en avait l'air. Elle occupait le vaste terrain compris entre l'église paroissiale et le fleuve, et comportait une vingtaine de pièces (la cuisinière n'en connaissait pas le nombre exact, car beaucoup d'entre elles n'étaient jamais utilisées). Mais la maison avait beau être immense, sa domesticité était, pour l'heure, limitée à trois personnes : la femme de chambre personnelle de Mrs Dee qui avait une très haute opinion d'elle-même et ne condescendait quasiment jamais à faire une apparition du côté des cuisines, un valet de chambre qui vivait à l'extérieur et servait occasionnellement le Dr Dee, et Mrs Midge elle-même.

– Il fut un temps, dit-elle en comptant sur ses doigts, où nous avions aussi un valet de pied, une fille de cuisine, un maréchal-ferrant responsable des chevaux, une bonne d'enfants, un garçon de cabaret et une fille de laiterie. Mais c'est plus le cas. J'avais osé espérer que le maître engagerait sans tarder de nouveaux domestiques, mais la prochaine foire d'embauche aura pas lieu avant le printemps. Et de toute façon, ajouta-t-elle en faisant la moue, il a pas d'argent pour payer leurs gages.

J'étais prête à proposer mes services en échange de la nourriture et du logement – avec ou sans gages, peu m'importait –, mais j'avais quelque appréhension à l'idée de ce qui pouvait se passer à l'intérieur des murs de cette maison. À quels travaux exactement les magiciens se livraient-ils ? Les uns, avais-je entendu dire, dressaient la carte des étoiles afin d'évaluer la bonne ou la mauvaise fortune de leurs clients, tandis que les autres concoctaient des potions susceptibles de vous rendre immortels ou bien conversaient avec les esprits. N'était-il pas dangereux de vivre dans la maison d'un tel homme ?

– Vous me disiez tantôt que les domestiques ne voulaient pas rester ici à cause du maître, commençai-je.

Mrs Midge renifla avec mépris.

– Ah, oui ! Il suffisait qu'ils aperçoivent quelque chose d'étrange ou qu'ils entendent des bruits un peu bizarres pendant la nuit, et ils décampaient. Pas la moindre endurance chez ces p'tits gars couards – des vrais foies blancs ! – et ces p'tites jeunes filles minaudières. Ils prenaient tous peur au moindre bêlement de mouton.

– Est-ce que Dr Dee fait apparaître les esprits ? demandai-je avec une crainte respectueuse. Et est-ce qu'il fabrique de l'or à partir des métaux ordinaires ?

– Je crois pas qu'il soit capable de fabriquer de l'or, répondit-elle en crachant dans le feu, autrement, on verrait un peu plus de victuailles ici et y aurait un peu plus de domestiques dans la maison. Quant aux esprits et aux anges…, eh bien, certains prétendent qu'il les fait vraiment apparaître, et d'autres affirment le contraire. En tout cas, tant qu'il en fait pas apparaître un dans ma chambre, il peut faire ce qu'il veut – ça m'est bien égal !

Réfléchissant aux paroles de Mrs Midge, j'essayai d'imaginer à quoi ressemblerait mon existence si je travaillais dans une telle demeure. Je saurais très bien veiller sur les enfants, et ce serait certainement plus plaisant que de passer mes journées à coudre des gants. De plus, à maints égards, cela me conviendrait de rester ici, à mi-chemin entre la maison et Londres : M'man ne serait pas trop loin, et je pourrais sans doute retourner la voir de temps à autre.

– Je sais très bien m'occuper des petits, déclarai-je quand Mrs Midge s'arrêta pour reprendre haleine au milieu du récit de ses tribulations. J'ai souvent gardé les enfants de mes sœurs.

– Vraiment ? dit-elle en trempant son pain dans sa bière et en le mangeant avec délectation.

– On m'a toujours considérée comme quelqu'un de responsable, continuai-je.

Elle hocha la tête tout en essuyant son menton avec une croûte.

– D'ailleurs, j'ai déjà sauvé la vie de Merryl ! poursuivis-je en m'échauffant à ce souvenir. Et je peux travailler dur, avec autant de soin que de diligence, et faire tout ce qu'on m'ordonne de faire.

Il y eut un long silence.

– Tu voudrais donc rester ici, hein ? Et t'aurais pas peur de tout ce que tu pourrais éventuellement découvrir ?

J'aurais aimé savoir de quel genre de chose il s'agissait, mais, à dire vrai, c'était plutôt de la curiosité que de l'effroi.

– Non, non, je n'aurais pas peur.

– En ce cas, très bien, répondit-elle. Si tu es toujours là demain matin, je demanderai à Madame s'il serait pas possible de t'engager, car il y a assurément beaucoup trop de travail dans cette maison pour une vieille bonne femme fatiguée comme moi.

Sur ce, après m'avoir trouvé une antique chemise de nuit à elle, beaucoup trop grande pour moi, elle partit se coucher, me laissant seule dans la cuisine. Je lui avais promis d'entretenir le feu. J'allai donc chercher dehors, devant la porte, une petite provision de bûches et les empilai dans l'âtre, non sans avoir pris soin de les humidifier pour qu'elles brûlent plus lentement. Je me rendis ensuite aux cabinets dans la cour (ils étaient somptueusement équipés et devaient certainement dater de l'époque où la famille était riche, car ils avaient un siège de velours clouté de cuivre). Enfin, je tirai un tabouret le plus près possible du feu et, appuyant la tête contre le manteau de la cheminée, j'essayai de dormir. En vain : ma tête ne cessait de glisser le long de la paroi et, en outre, je me languissais de M'man. C'était, à dire vrai, la première fois que je dormais loin de la maison, et tout me semblait extrêmement insolite.

Dormir assise se révélant impossible, j'avisai deux bancs de bois et me confectionnai une sorte de lit en les alignant côte à côte et en mettant par-dessus la couverture dans laquelle je m'enroulai. De cette façon, et malgré l'étrangeté de la situation, je réussis à trouver le sommeil.

Il fut de courte durée. Quelque temps plus tard, je me réveillai en sursaut et, ne me rappelant plus où j'étais, je glissai de mon double banc et tombai par terre. Je restai assise là sans bouger pendant un moment, me demandant ce qui avait bien pu me réveiller, puis je gagnai la porte de la cuisine et l'entrouvris : je distinguai alors, très faiblement, le son d'une voix qui psalmodiait comme dans une église et le léger tintement de plusieurs cloches.

En l'absence de tout sonneur, je n'avais aucun moyen de connaître l'heure ; je savais seulement qu'il faisait toujours noir et que ce n'était pas encore l'aube. Dehors, j'entendais le fleuve tout proche clapoter contre la berge : ce devait donc être la marée haute. Environ huit heures devaient s'être écoulées depuis que j'étais descendue dans le lit de la Tamise avec les enfants, aussi peut-être était-il trois heures du matin.

Le bruit qui m'avait réveillée avait sans doute marqué la fin de la cérémonie, car depuis un moment tout bruit avait cessé, et le silence régnait dans la maison. Mais je constatai que je n'avais plus sommeil du tout et que j'étais, au contraire, remplie d'une ardente curiosité pour tout ce qui m'entourait. Que se passait-il donc dans cette demeure ? À quelle sorte de magie se livrait-on à l'intérieur de ces murs anciens ?

Cette curiosité irrépressible embrasait tellement mes sens que je compris que je ne pourrais pas me rendormir. Munie d'un bout de chandelle que j'avais allumé au feu, je sortis de la cuisine à pas de loup, bien décidée à explorer le cadre où j'allais peut-être vivre.

La curiosité est un de mes plus grands défauts. Depuis mon enfance, je m'attire des ennuis en posant trop de questions ou en faisant des choses que je ne devrais pas faire. Un jour, j'ai mangé un scarabée noir parce que je voulais connaître le goût que ça avait, et une autre fois, quand j'étais beaucoup plus petite, attirée par un charbon ardent que je voyais rougeoyer joliment dans le feu, je l'ai attrapé et me suis cruellement brûlé la main. En dépit de toutes ces mésaventures, j'ai toujours eu – et ai encore – le sentiment qu'il est toujours préférable de connaître le revers de la médaille, même le pire. Si donc j'étais destinée à rester dans cette maison, il fallait absolument que je sache au moins un peu ce qui s'y passait.

Cela ne veut pas dire que je n'étais pas terriblement effrayée à l'idée de ce que je pourrais découvrir. Tandis que je parcourais la grande demeure, ma main droite – celle qui tenait la chandelle – tremblait tellement que la flamme vacillait et dessinait de grandes ombres mouvantes sur les murs, et j'avais l'estomac retourné comme les soirs où Père rentrait très tard de la taverne, tout titubant, et n'avait alors qu'une envie : tanner le cuir au premier qui lui tomberait sous la main.

Au fond du corridor se trouvait la cour où je m'étais rendue un peu plus tôt. Arrivée à cette hauteur, je tournai à gauche et continuai à avancer à l'intérieur de la maison, passant devant d'innombrables portes closes. Des tapisseries poussiéreuses recouvraient les murs, et des portraits aux cadres richement ornés étaient accrochés çà et là. Je levai ma bougie pour mieux distinguer les personnages et je reconnus notre bonne reine Elizabeth, puis son père, Henry VIII, qui avait eu six épouses. Ensuite, il y avait un groupe d'hommes et de femmes âgés – sans doute des membres de la famille avec laquelle j'habitais à présent, à en juger par la ressemblance frappante entre leurs yeux d'un bleu éclatant et leurs nez pointus et ceux de Beth et Merryl. Le dernier de ces portraits montrait un homme à la chevelure blanche comme neige coiffée d'une calotte noire, qui semblait avoir près de cent ans. Il avait une longue barbe bifide toute blanche, elle aussi, et il portait une sorte de robe de cérémonie, toute noire et doublée de fourrure comme celle d'un savant. Il se tenait derrière une table sur laquelle était posé un coffre cerclé de cuivre, et une inscription sur le cadre extérieur semblait indiquer son nom. Je ne pouvais la déchiffrer, mais je notai que c'était un mot court, et je reconnus l'initiale : c'était la lettre « D ». J'avais donc la quasi-certitude que c'était bien mon futur employeur que je voyais représenté sur ce tableau. Après l'avoir regardé fixement non sans frissonner, je poursuivis mon chemin. Il régnait un silence de mort autour de moi, si bien que je commençai à penser que j'avais imaginé les psalmodies et le tintement des cloches.

À mesure que je m'enfonçais dans les profondeurs de la vieille demeure, je sentais le sol changer sous mes pieds : la terre battue aux alentours de la cuisine avait fait place à des briques à chevrons, puis à une délicate mosaïque de petites pierres qui scintillaient à la lueur de la bougie. Je passai sous un porche dont la maçonnerie était si lézardée que du lierre aux feuilles vertes et luisantes s'était faufilé à travers une fissure pour pousser de l'autre côté en un fouillis inextricable, après quoi je parcourus un grand hall doté d'un escalier à la courbe sophistiquée, qui menait à l'étage (peut-être se trouvait-il juste à l'entrée de la maison). J'empruntai ensuite un autre corridor avant de grimper un petit escalier de pierre en colimaçon et de tomber sur de nouvelles portes. La maison du Dr Dee était si vaste qu'on aurait pu y loger trente chaumières pareilles à notre cottage de Hazelgrove.

Arrivée au bout d'un corridor se terminant en cul-de-sac, je rebroussai chemin. Ce fut seulement près de l'escalier majestueux du hall que je m'arrêtai : j'avais remarqué une grande porte laquée de noir à l'allure imposante. De part et d'autre de cette porte, un flambeau richement orné était fixé au mur. Je notai avec surprise qu'ils fumaient encore tous les deux comme si on venait seulement de les éteindre. Après une légère hésitation, je pressai mon oreille contre la porte sans pouvoir discerner le moindre bruit à l'intérieur. Incapable de m'en empêcher, je la poussai avec prudence et entrai pour me retrouver dans une pièce plongée dans une obscurité quasi complète à l'exception d'un ultime tison qui luisait encore dans l'âtre.

J'avançai de quelques pas et, à mesure que mes

yeux s'accoutumaient aux ténèbres, je vis qu'il y avait de lourdes tentures suspendues aux fenêtres et que la salle où j'avais pénétré était aussi vaste qu'une grange. Voilà pourquoi la pâle lueur de ma pauvre chandelle ne parvenait pas à en éclairer l'autre extrémité. Cependant, je distinguai vaguement le mur opposé qui me semblait couvert d'une série de motifs réguliers. Je pris d'abord ces motifs pour une sorte de peinture murale avant de découvrir, en m'approchant de plus près, qu'il s'agissait d'étagères chargées de quantité de livres – une extravagante quantité de livres. Jamais je ne me serais doutée ni n'aurais imaginé qu'il pût en exister autant dans le monde entier. Il faut dire qu'à la maison, nous n'en avions aucun. Le seul et unique livre que j'avais déjà vu était la Bible de l'église.

Le soudain hululement d'une chouette me fit sursauter. Je restai là sans bouger à l'écouter, transie de peur, car un seul hululement est un présage de mort. Mais j'en entendis deux autres, et, soulagée, m'éloignai à reculons de la muraille de livres à l'invraisemblable étendue de laquelle j'avais peine à croire. Je heurtai au passage une table ronde où trônait un coffre que je reconnus à la lueur de la bougie : c'était celui du portrait. Derrière cette table, il y en avait une autre, plus grande, sur laquelle étaient posés toutes sortes d'objets étranges : un instrument d'où sortaient des tubes de verre, un petit chaudron, quelques boîtes d'étain ou de bois, une sélection de racines aux formes bizarres et de coquillages nacrés, la moitié d'une coquille d'œuf géante, une montre, et d'autres choses très mystérieuses que j'étais bien incapable de nommer.

L'œuvre du diable. Ces mots me vinrent à l'esprit, spontanément, et je n'aurais su dire pourquoi, car je n'avais quasiment jamais pensé jusque-là au diable ou à la nature de l'œuvre qu'il pouvait accomplir. Toutefois, la pièce où je me trouvais ne me plaisait pas, car j'étais aussi effrayée qu'angoissée par le nombre incroyable de livres et de mots, la somme de connaissances et de secrets qu'elle devait contenir. Des connaissances et des secrets qui me resteraient à jamais inaccessibles, puisque je ne savais pas lire.

La lueur de ma chandelle accrocha soudain un objet au bord de la table. Je m'approchai et réprimai à grand-peine un cri : c'était un crâne humain, d'un blanc étincelant, au sourire grimaçant d'idiot et aux orbites creuses et sombres.

Il y a quelque chose dans l'aspect d'un crâne humain – peut-être parce que l'on sait qu'il appartenait jadis à un être aussi vivant que vous – qui vous glace le sang, aussi reculai-je, horrifiée, et m'empressai-je de quitter la pièce. Tout en parcourant à pas rapides le corridor qui menait à la cuisine, je me disais que, au moins pour cette nuit, ma curiosité avait été largement satisfaite.

Or, au moment précis où j'atteignais le porche entortillé de lierre, j'entendis du bruit derrière moi, me retournai et faillis pousser un hurlement en voyant se dresser devant moi le personnage du portrait : l'homme à la barbe blanche vêtu d'une longue soutane. Il ne me poursuivait pas, non, mais il me suivait des yeux en brandissant très haut sa chandelle d'une main, comme s'il ne pouvait croire à ce qu'il voyait.

Sachant que je n'aurais pas dû circuler à cette heure dans la maison, j'étais sur le point de chuchoter des excuses quand la flamme de ma bougie vacilla, crachota et s'éteignit. Je m'enfuis à toutes jambes à la cuisine, avec ma chemise de nuit et ma couverture qui se soulevaient derrière moi comme des vagues.

Je m'étais trouvée face à face avec le Dr Dee un peu plus tôt que prévu, mais ce n'était certes pas le moment de m'attarder et de lui faire des politesses.

Après cela, je ne dormis que très peu. Je ne pouvais m'empêcher de penser au vieillard que j'avais croisé et au crâne posé sur la table. Le Dr Dee avait-il tué un homme, ou utilisait-il cet objet à des fins médicales ? Je me dis que la seconde hypothèse était la plus vraisemblable, car je n'ignorais pas que la mousse raclée sur le crâne d'un mort pouvait servir à confectionner un cordial protégeant contre la peste, et que l'année précédente, il y avait eu une grave épidémie.

Eh bien, oui, je penserais cela : le travail du Dr Dee consistait à restaurer la santé des gens. Je n'avais aucune envie, en effet, d'entrer au service d'un meurtrier.

Chapitre cinq

— Est-ce que tu vas rester, Lucy ? demanda Beth le lendemain matin en enlaçant son petit corps au mien. Tu veux bien rester ici et t'occuper de nous ?

— Si ta maman le permet, répondis-je, car dans la claire lumière du matin, après un solide petit-déjeuner composé de lait chaud et de pain grillé, j'avais presque oublié l'étrange pièce tapissée de livres et ma rencontre pour le moins curieuse avec mon employeur. Et si tu me promets de garder cette créature le plus loin possible de moi, ajoutai-je en frissonnant, car le singe venait de quitter l'épaule de l'enfant pour bondir sur la mienne.

— Oh, tu n'aimes donc pas Tom-le-fou ? demanda Beth. Comment est-ce possible ? C'est une si jolie créature !

— Je n'aime pas du tout qu'il fourrage dans mes cheveux et les emmêle, dis-je avec un petit mouvement de recul, tandis que le singe me mordillait l'oreille, et je n'aime pas non plus les petites crottes qu'il laisse partout.

– Je l'ai appelé Tom-le-fou en hommage au bouffon de la reine, expliqua fièrement Beth, car ils me font tous les deux mourir de rire.

– Et quand aurais-tu vu le bouffon de la reine ? questionnai-je en la regardant, persuadée qu'elle était en train d'inventer de toutes pièces une histoire.

– Quand Sa Majesté vient ici avec ses courtisans.

– La reine ne vient pas ici ! m'écriai-je, car, bien entendu, je ne croyais pas la fillette. Sûrement pas dans cette maison.

Beth hocha la tête.

– Eh bien, si ! Elle vient voir Papa pour le consulter à propos de différentes choses. Quand il est informé de sa visite à l'avance, Merryl et moi, nous sommes tenues de revêtir nos plus beaux habits et de nous exercer toute la matinée à faire la révérence au cas où la reine nous adresserait la parole, mais il arrive aussi qu'elle passe sans prévenir quiconque, et alors, nous pouvons porter nos vêtements ordinaires.

– Oh ! m'exclamai-je. Vraiment ?

– Oh ! répéta le singe en contrefaisant ma voix.

Sur ce, il se mit à rire à gorge déployée tout contre mon oreille.

Je regardai Beth. J'avais les plus grandes peines du monde à la croire, mais, étant donné que le Dr Dee était le magicien de la reine, ce n'était peut-être pas impossible. « S'il en est ainsi, priai-je de tout mon cœur, fasse le Ciel que Sa Majesté ne vienne pas rendre visite au magicien avant que je me sois procuré des habits propres et que je me sente un peu moins sale et négligée que maintenant ! » De fait, en jetant un coup d'œil à mon bas-de-jupe et à mon jupon dans la lumière crue du petit matin, j'avais pu constater que, loin d'avoir ôté, fût-ce partiellement, les taches de boue, je n'avais fait que les étendre. En outre, il y avait des lunules de crasse sous mes ongles, et, mes épingles à cheveux s'étant égarées Dieu sait où, ma chevelure s'était répandue sur mes épaules, me donnant l'air d'une somnambule. Quant à mes souliers, ils étaient en lambeaux. Je n'étais assurément pas digne qu'une reine posât les yeux sur moi.

Soudain, je vis Merryl entrer en trombe dans la cuisine, suivie de Mrs Midge.

– Maman veut te voir ! cria-t-elle avant même d'avoir franchi le seuil de la pièce.

La cuisinière hocha la tête.

– C'est exact. Je lui ai parlé de toi et lui ai raconté comment tu avais sauvé les enfants et tout, et elle veut te remercier de vive voix et faire ta connaissance. À mon avis, ajouta-t-elle en m'adressant un petit clin d'œil, tu feras ça très bien.

Elle s'affaira auprès du feu et le tisonna énergiquement avant d'y mettre du lait à chauffer.

– Madame, poursuivit-elle, devait emmener aujourd'hui le bébé chez sa nourrice, mais elle dit à présent qu'elle n'a pas envie de se séparer de lui. L'a pourtant déjà neuf jours, le p'tit loupiot, et la nourrice, elle est aussi propre et aussi saine qu'une femme qu'a encore jamais respiré !

Elle me regarda en roulant les yeux.

– Plus il reste longtemps ici, plus ça me fait du travail en supplément : langes et maillot à laver en veux-tu en voilà, l'ânesse à traire quatre fois par jour, vin et friandises à préparer pour les dames du voisinage qui veillent sur Madame, etc. Si le nourrisson part pas chez la nourrice, Seigneur, quand c'est-y que je verrai le bout de tout ça ?

Je ne savais que lui répondre. En outre, Merryl et Beth me tiraient chacune par une main tout en me suppliant d'aller voir leur mère sur-le-champ pour obtenir qu'elle me prenne à son service. Leur affectueuse insistance me plaisait, bien entendu, et je ne pouvais qu'être touchée de voir ces deux petites filles souhaiter ainsi ma présence à leurs côtés ; j'en étais même si touchée que tous les doutes qui pouvaient encore m'habiter à l'idée de travailler chez le magicien s'évanouirent. Il fallait juste éviter de me mêler aux autres et d'aller rôder la nuit dans la maison au risque de surprendre des choses effrayantes – et voilà tout.

– Attendez, dis-je aux fillettes. Je ne peux pas aller voir votre mère sans être présentable. Pour commencer, débarrassez-moi de cette bestiole, ensuite, j'essayerai de mettre un peu d'ordre dans ma tenue.

Après qu'elles m'eurent débarrassée du singe – non

sans me faire mal, car ses petites pattes étaient agrippées à mon cuir chevelu –, je me lavai énergiquement les mains, lissai mes cheveux avant de les attacher serré sur la nuque avec une cordelette, et demandai à Mrs Midge de vérifier si ma figure était parfaitement propre, sans trace d'escarbilles ni de miettes. Enfin, je brossai de mon mieux jupe et jupon que je dissimulai sous un tablier de lin épais.

Les petites filles m'entraînèrent dans le couloir jusqu'à une lourde tenture qui n'avait d'autre fonction que de protéger des courants d'air. Elles l'écartèrent pour me conduire en haut d'un escalier très étroit que je n'avais encore jamais remarqué. Après quoi, tandis que nous parcourions un très long corridor, je m'émerveillai à nouveau devant les dimensions de la demeure du magicien et tentai d'évaluer le nombre de pièces qu'elle pouvait contenir. Enfin, on m'introduisit dans une chambre de taille respectable dont le sol était jonché de roseaux et les murs tendus de draperies de soie. Elle était meublée, entre autres, d'un lit à baldaquin aux rideaux délicatement brodés. À en juger par la propreté qui régnait dans cette pièce, les fonctions d'intendante de Mrs Midge ne s'étendaient manifestement pas à cette partie de la maison.

Une femme était couchée à plat ventre dans le lit, les yeux clos, tandis qu'une autre, un peu à l'écart, balançait un berceau de bois sculpté.

– Voici Maman ! s'écria Merryl en se jetant précipitamment sur le lit aux magnifiques parures, entre autres un couvre-lit de soie bleu pâle assorti aux rideaux brodés.

Je fis la révérence à Mrs Dee, mais en me relevant, je constatai non sans surprise, car je m'attendais plutôt à trouver chez la maîtresse de cette grande demeure la même élégance hautaine que chez Lady Ashe, qu'il n'en était rien. Loin d'être joliment habillée, Mrs Dee portait une chemise de nuit chiffonnée (quoique ornée à l'encolure d'une dentelle ancienne de prix) et, par-dessus, une liseuse défraîchie. Elle avait les cheveux emprisonnés dans une résille, le visage pâle et mince, et une certaine nervosité dans les gestes.

– Lucy, n'est-ce pas ? demanda-t-elle.

– Oui, Lucy, pour vous servir, répondis-je en m'inclinant à nouveau très bas, un peu intimidée en dépit de son apparence assez ordinaire.

N'ayant encore jamais eu de patron ou de patronne, je ne savais pas très bien comment il fallait s'adresser à ces gens-là.

– C'est moi qui devrais te saluer avec gratitude, car si j'ai bien compris, tu as sauvé la vie de mes enfants hier.

– Seulement Merryl, précisai-je. Elle n'arrivait pas à s'extirper de la vase.

– Je te suis des plus reconnaissantes. Mais j'ai appris que tu avais perdu tes vêtements dans cette histoire.

– Oui, c'est exact. Ils se trouvaient dans un panier que j'avais posé sur la berge ; j'ai fini par l'oublier, et c'est ce qui explique que je me présente à vous aujourd'hui dans cet état lamentable. J'en suis sincèrement désolée, croyez-moi.

– Bon, eh bien, en ce cas, je demanderai à mon époux de consulter le globe de cristal.

Je lui jetai un regard intrigué, car je n'avais pas la moindre idée de ce qu'elle voulait dire par là.

– Mon époux a le pouvoir de retrouver les choses perdues, expliqua Mrs Dee d'une voix faible mais où perçait un certain orgueil. Il a ainsi retrouvé le coffre à trésor des voisins et plusieurs pièces de leur vaisselle d'argent ; il est aussi parvenu à localiser un sac de pièces d'or qui était égaré.

Je la regardai avec émerveillement. C'était donc un vrai magicien. Et s'il avait ce pouvoir, quels autres prodiges ne pouvait-il pas accomplir ?

– Mais en attendant qu'il retrouve tes vêtements, tu m'obligerais en acceptant quelques-unes de mes vieilles robes. J'ai demandé à Mrs Allen ici présente, ajouta-t-elle en désignant la femme habillée de bleu foncé, de t'en dénicher une ou deux à ta taille.

Mrs Allen m'inspecta sur toutes les coutures.

– C'est que, conclut-elle d'un ton aigre au terme de son examen, elle est maigre comme un clou !

J'avais comme l'impression que c'était elle qui, en temps ordinaire, héritait des vêtements usagés de sa maîtresse et qu'elle n'appréciait guère de devoir me les donner.

– Je vous suis très obligée, madame, dis-je en tirant

une nouvelle révérence à Mrs Dee, puis une autre, pour plus de sûreté, à Mrs Allen.

– Je te serais à mon tour très obligée, Lucy, si tu acceptais de rester avec nous et de t'occuper des enfants, car Mrs Midge assure que tu sais très bien t'y prendre avec eux.

J'acquiesçai d'un signe de tête.

– J'accepte en effet, dis-je avec un sourire.

– Mon nouveau-né que voici partira bientôt chez sa nourrice, mais Beth et Merryl, qui sont toujours sur le point de commettre une bêtise, ont besoin d'être surveillées en permanence.

Les deux petites filles se récrièrent aussitôt, mais leur mère soutint que c'était la pure vérité.

– Elles ont été quelque peu négligées ces derniers temps, poursuivit Mrs Dee. Il fut un temps où mon époux avait engagé un précepteur pour assurer leur instruction, mais voilà bien un an qu'il n'est pas venu. Nous leur ferons de nouveau donner des leçons particulières un jour ou l'autre, mais si tu voulais bien être leur bonne en attendant…

Je répondis que je m'acquitterais de cette tâche avec la plus grande joie. Elle précisa qu'elle ignorait tout du montant de mes futurs gages, mais qu'elle suggérerait à son époux de m'accorder le même traitement que celui de Jane, la bonne d'enfants qui s'était enfuie avec son amant, et je hochai la tête avec empressement à cette proposition.

Mrs Dee me congédia bientôt en me pressant

chaleureusement la main. Puis les fillettes me ramenèrent à la cuisine où Mrs Midge et moi, nous bûmes à petites gorgées une demi-pinte de bière chacune après avoir porté un toast à la longue durée de mon emploi dans cette maison.

On m'attribua une chambre indépendante – minuscule, certes : à peine plus grande qu'un placard, mais bien à moi – juste à côté de la nursery. Quant à mes fonctions dans la maison, elles consistaient à travailler sous les ordres de Mrs Midge et à veiller en permanence au bien-être de Beth et de Merryl. Cela ne me semblait pas être une épreuve redoutable, bien au contraire. Rien ne pouvait être pire que de coudre des gants de cuir tout au long du jour jusqu'à ce que les yeux me piquent et me brûlent, et que mes doigts saignent. Et surtout, je serais hors d'atteinte de mon père. En outre, à la maison, je ne disposais que d'un coin derrière un rideau dans la chambre de mes parents, alors qu'ici, j'avais ma propre chambre, et qui plus est, une chambre éclairée par une vraie fenêtre vitrée donnant sur l'église Sainte-Marie, ce qui était, bien entendu, infiniment plus agréable. Elle était meublée d'un châlit garni d'une paillasse, de quelques patères et de deux tabourets, dont l'un servait à poser une aiguière* et une cuvette très légèrement ébréchées.

Plus tard, je me trouvai dans la cuisine à regarder les enfants jouer sous le saule au bord du fleuve, tandis que Mrs Midge préparait le dîner. J'étais alors vêtue d'un corsage et d'une jupe marron foncé que m'avait apportés Mrs Allen et qui m'allaient assez bien, mais dont je déplorais secrètement l'absence de broderies ou de petits plis et l'austérité excessive. L'autre tenue, d'un gris sombre, était à l'avenant. Selon Mrs Midge, le choix de ces costumes qui ne me flattaient guère n'était certainement pas le fait du hasard ; il n'était pas convenable pour une servante de porter des couleurs vives, une large collerette à l'encolure ou même une garniture fantaisie.

Maintenant que j'étais sûre de rester dans la place, j'avais mille et une questions à poser à Mrs Midge qui était la personne idéale à interroger, car elle avait la langue bien pendue, le seul problème avec elle étant de la ramener sans cesse au sujet précis sur lequel on souhaitait avoir des renseignements.

– La reine vient-elle vraiment en visite ici ?

Telle fut ma première question. Elle me brûlait les lèvres.

– Oui, en effet, répondit Mrs Midge. Mais jamais seule. Il arrive même qu'elle amène avec elle ses courtisans favoris. My, le comte de Leicester, est un bel homme à la jambe bien faite ! ajouta-t-elle avec une étrange ardeur.

– Qui d'autre l'accompagne ? demandai-je.

Elle se mit à débiter toute une liste de noms assortis de commentaires : quelques-unes des dames d'honneur de la reine, le comte de ci, le duc de ça et les comtesses de Dieu sait quoi, mais je n'avais jamais entendu parler d'aucun d'eux.

– Sir Francis Walsingham est un voisin qui nous fait de temps à autre l'honneur de sa visite, précisa Mrs Midge. Quant à son épouse, c'est la marraine de Beth et de Merryl. Lady Walsingham – oh, une femme ravissante que j'ai à peine vue en quarante ans ou plus ! Ses robes et ses bijoux surpassent presque ceux de la reine, dit-on. Et de fait, Sa Majesté a sommé un jour Lady Walsingham de ne pas porter de soie violette à la cour, la soie violette étant la prérogative de la reine.

– Et son époux ? Que fait-il ?

– Seigneur ! Tu ne sais donc même pas ça ? s'exclama Mrs Midge. Francis Walsingham est le chef des services secrets de la reine.

Je fronçai les sourcils, car je n'avais pas la moindre idée de ce qu'était un chef des services secrets.

– Sa Majesté est entourée d'ennemis, expliqua Mrs Midge en surprenant mon expression intriguée. Elle suscite une vive hostilité en France comme en Espagne – pays catholiques où l'on juge qu'elle n'occupe pas légitimement le trône d'Angleterre.

Je hochai la tête, car, bien entendu, j'étais au courant de ces sombres histoires.

– Aussi le bon Sir Francis a-t-il posté des espions dans tout le pays afin de repérer les conspirateurs qui voudraient la chasser du trône et de tenter de les arrêter avant qu'ils puissent agir.

– Il est donc très puissant ?

– Seigneur ! Ah, ça oui ! s'exclama Mrs Midge en me lançant un regard courroucé. Dire qu'ils cherchent à remplacer Sa Majesté par la reine d'Écosse ! poursuivit-elle.

À ces mots, je secouai la tête d'un air incrédule, car il me semblait très étrange et très inquiétant que le premier venu pût intervenir dans les affaires des rois et des reines. Je m'étais toujours laissé dire qu'ils étaient choisis par Dieu, Dieu seul, et que les hommes n'avaient pas à se mêler de ces questions.

Trop affamée pour m'attarder à ces graves pensées, je jetai un coup d'œil dans la marmite qui mijotait sur le feu. N'y apercevant pas le moindre lapin ni le moindre petit morceau de viande et trouvant le liquide étrangement pâle, je demandai à Mrs Midge ce qui cuisait là.

– Nous en sommes réduits aux légumes pour le souper, répondit-elle en faisant la moue, car la maisonnée ne roule pas sur l'or. Imagine-toi que le Dr Dee n'a pas réglé les factures du boucher depuis trois mois !

Je regardai à la ronde avec étonnement.

– Mais cette maison est si luxueusement meublée, si bien montée en draperies, tapisseries et tableaux de valeur ! fis-je. Ne serait-il pas possible de vendre quelques-uns de ces objets ?

Mrs Midge secoua la tête.

– Ce n'est pas ainsi que la noblesse se conduit,

répliqua-t-elle. Si le garde-manger est vide, c'est parce que le Dr Dee dépense la majeure partie de son argent en livres. Il possède plus de livres que personne au monde !

Mon estomac gargouillait désespérément, et je n'avais aucune envie de parler de livres.

– Qu'est-ce que c'est que ces légumes que je vois dans la marmite ? repris-je.

– On appelle ça des pommes de terre, répondit-elle en jetant une poignée de fines herbes dans l'eau frémissante.

Quand je lui dis que je n'avais jamais entendu parler de ces légumes, elle me jugea bien ignorante. J'hésitai d'abord à en manger, car ils ne m'avaient guère semblé appétissants pendant qu'ils cuisaient, mais je dois reconnaître qu'une fois épluchés, écrasés et fouettés avec du beurre et de la crème, ils avaient très bon goût. Nous eûmes aussi des radis, finement tranchés et servis avec un minuscule tas de sel. Cette dernière chose, tout à fait nouvelle pour moi, me laissa une étrange sensation de picotement sur la langue – une sorte de frisson – que je serais incapable de décrire. Tandis que je débarrassais, Mrs Midge me dit que, si maigre qu'eût été notre repas, c'était tout de même un repas, et pour un peu, nous aurions dû nous en passer. Dieu merci, quelques-uns des derniers clients du Dr Dee avaient payé celui-ci en nature.

Durant le souper, autour d'une table chargée de tranchoirs et dans un désordre épouvantable où chacun avait bien du mal à trouver un peu de place, la cuisinière évoqua les repas qu'elle préparait jadis dans la maison de la famille de Mrs Dee. Une famille très riche où, à ce qu'il semblait, on consommait chaque jour à dîner chapons emmaillotés de fines herbes, alouettes en saumure et cailles rôties, saumon frit, homards et crevettes marinés dans du brandy. Et il y avait ensuite le cortège des desserts et des friandises dont la description me faisait encore plus venir l'eau à la bouche : biscuits à la crème, fruits confits dans leurs nids de sucre filé, sabayons aux groseilles, crèmes à l'eau de rose et violettes givrées.

– Oh, arrêtez, arrêtez donc, Mrs Midge ! l'imploraije. Avec vos descriptions, vous me donnez une envie folle de goûter à tous ces mets délicats, alors que je n'en aurai sûrement jamais l'occasion.

– Peut-être que si, dit-elle en m'adressant un clin d'œil. Car si notre maître a l'heur de plaire à Sa Majesté et lui procure ce qu'elle désire ardemment, alors nous aurons à souper chaque jour ces mêmes mets délicats.

– Quel est le souhait de Sa Majesté ? demandai-je, brûlant d'en savoir davantage sur la reine.

– Ce n'est pas aux gens comme toi et moi de nous mêler de ces affaires, rétorqua Mrs Midge en se détournant, car la magie était un sujet dont elle se refusait à parler.

Chapitre six

– Dieu du Ciel ! cria Mrs Midge en jetant son tablier par-dessus sa tête. Suis-je don' censée diriger cette maison sans autres servantes ? C'est plus qu'une vieille bonne femme comme moi peut en supporter ! Mrs Midge par-ci, Mrs Midge par-là : on n'entend que ça du matin au soir. Et voilà-t-y pas qu'à c't'heure, le maître réclame un cruchon de posset et des biscuits avec – une envie qui lui prend tout à coup !

– Je vais lui porter ça, proposai-je.

– Mais y a pas un biscuit à l'office ! Où est-ce que je trouverai le temps de faire des biscuits, et à supposer que j'en trouve, du temps, j'aurai toujours pas de sucre. Y aura aucun biscuit maison d'aucune sorte avant que la note de l'épicier, elle soit réglée, un point c'est tout ! Va lui dire ça, veux-tu ?

Je regardai la cuisinière d'un air incertain. Comment pourrais-je dire au maître une chose pareille ?

– Oh, ma patience est à bout ! s'écria Mrs Midge.

Sur ce, elle traversa la cuisine d'un pas furieux, obligeant Beth, Merryl et Tom-le-fou à filer à l'abri, après quoi, elle ouvrit une trappe ménagée dans le plancher et descendit une douzaine de marches. Quand elle remonta, soufflant comme un bœuf, elle tenait à la main un flacon de couleur sombre couvert de poussière.

– Prépare-lui don' son posset, ordonna-t-elle. Il faudra qu'il s'en contente !

Tandis que je lui prenais la flasque des mains, j'échangeai un petit sourire complice avec les fillettes. À dire vrai, j'étais déjà presque habituée au caractère de la cuisinière, et à présent, c'est à peine si je sursautais lorsqu'elle se mettait à crier.

J'avais passé la plus grande partie de la matinée – la troisième depuis mon entrée dans la maison du magicien – à nettoyer, récurer et ranger jusqu'au dernier les tranchoirs et les bols qui encombraient la table de la cuisine avant d'astiquer énergiquement les étagères et de secouer la poussière des roseaux souillés, bref, de mettre un peu d'ordre dans la pièce. Mrs Midge, qui était certes débordée mais aussi un peu paresseuse – comme je n'allais pas tarder à le découvrir –, était littéralement enchantée de me voir faire ce travail. Tandis que je m'activais, les enfants n'avaient cessé d'aller et venir, apportant des messages des différents membres de la maisonnée qui les sonnaient pour réclamer, qui quelque chose à manger, qui de l'eau chaude pour sa toilette, qui une bonne flambée dans la cheminée pour lutter contre une soudaine vague de froid, qui (ceci, à la seule attention de Mrs Dee) un somnifère. Il y avait aussi des fournisseurs et des crieurs qui se présentaient régulièrement à la porte de la cuisine afin de vendre des denrées alimentaires, de réclamer de l'argent en échange d'anciens services ou encore de proposer d'acheter ou de vendre marmites et casseroles. Au milieu de tout ce charivari, Mrs Midge gardait le verbe haut, grondant, invectivant et admonestant chacun tour à tour – intarissable comme toujours. Dieu merci, nous n'étions pas censées ouvrir par-dessus le marché aux clients du Dr Dee. La cuisinière m'avait expliqué en effet que si quelqu'un avait besoin de ses services, qu'il s'agît de faire dresser un horoscope, de se procurer un talisman ou de retrouver un objet de valeur, il lui suffisait de frapper au carreau de la longue fenêtre de la bibliothèque. Le Dr Dee les introduisait alors lui-même à l'intérieur.

Beth et Merryl, bien entendu, étaient si accoutumées aux façons de Mrs Midge que ses gronderies et ses réprimandes ne les perturbaient pas plus que le dérèglement permanent de la maison. Dans l'ensemble, elles se montraient plutôt sages et obéissantes. Lorsqu'elles n'étaient pas occupées à transmettre des messages d'un bout de la maison à l'autre, elles jouaient à un divertissement de leur invention qu'elles appelaient « Jeu des Reines et des Courtisans » et qui consistait à se promener partout d'un air solennel, ou bien elles s'installaient quelque part avec leurs abécédaires et s'entraînaient à bien former leurs lettres. Elles me montrèrent comment leurs noms s'écrivaient, puis écrivirent le mien avant de me demander avec insistance d'essayer de le faire moi-même, si bien que je sus bientôt écrire LUCY à la plume.

– Prends un plateau! ordonna Mrs Midge. Mais non, voyons, pas celui-là, un plateau en argent! Et deux gobelets en argent. Fais chauffer à feu doux un cruchon de crème fleurette avec six jaunes d'œuf...

Je me hâtai de dénicher ces divers ingrédients dans la cuisine.

– Faut pas arrêter une seconde de tourner, intervint-elle, voyant que j'abandonnais un instant ma casserole pour ajouter un peu de bois dans le feu. Et maintenant, poursuivit-elle, jette dans le pot deux bâtons de cannelle et verses-y tout le contenu de la bouteille de bordeaux, puis fais chauffer tout ça avec du... non! On n'a pas de sucre à y mettre, alors restons-en là.

Soulevant la casserole, je la humai, plutôt contente de mon premier essai, car la préparation avait bien épaissi et m'avait l'air tout à fait appétissante.

– Bon, à présent, transvase-moi ça dans un pichet, couvre-le et va le porter dans la bibliothèque.

Bibliothèque. Je n'avais encore jamais entendu ce mot.

– Le porter où?

– Dans la bibliothèque, lança Merryl. Tu sais, la pièce où il y a des quantités de livres.

Je souris à la fillette avec reconnaissance. Il s'agissait donc de la fameuse pièce où je m'étais retrouvée par hasard la première nuit.

Depuis mon aventure nocturne, je n'avais pas encore eu l'occasion de rencontrer le Dr Dee, mais s'il lui prenait la fantaisie de me questionner au sujet de ma présence dans la bibliothèque, j'avais une réponse toute prête. Il y avait en effet une bonne raison à ce qu'il m'ait vue errer cette nuit-là à travers la maison – une maison toute nouvelle pour moi : j'avais entendu un bruit étrange et j'étais allée voir ce qui se passait. Après lui avoir expliqué cela, je comptais implorer humblement son pardon pour avoir circulé ainsi hors de chez moi comme une criminelle, et tout finirait pour le mieux.

Je mis un fichu propre sur ma tête et demandai à Beth de vérifier ma tenue puis, après avoir disposé pichet et gobelets sur le plateau, je pris le chemin de la bibliothèque. Une fois devant la porte noire, je frappai doucement et poussai la porte pour m'arrêter aussitôt sur le seuil, manquant lâcher mon plateau : à ma grande horreur, deux grands dragons flottaient en l'air, non loin du plafond. Deux vrais dragons à la peau couverte d'écailles, aux mâchoires béantes, aux dents monstrueuses et aux pattes griffues.

Si j'avais été d'assez bonne naissance pour me

le permettre, je me serais peut-être évanouie. Au lieu de quoi, je me fis toute petite et reculai tout en prenant garde à ce que le plateau reste bien droit et que son contenu ne se renverse pas. Quelques petits cris de détresse m'échappèrent toutefois, et les deux gentlemen assis dans la pièce me lancèrent un regard surpris.

– Oh, c'est juste une nouvelle servante ! dit le vieil homme à barbe blanche que j'avais vu la nuit de mon arrivée. Allons, entre donc, ma fille.

– Il n'y a rien ici qui puisse t'effrayer, lança l'autre homme qui était un peu plus jeune et portait une barbe courte bien taillée. Ces animaux appartiennent tout simplement à la collection d'espèces rares que le Dr Dee a fait venir du monde entier, expliqua-t-il en désignant le plafond. On les appelle « alligators ».

Tout d'abord, j'évitai de les regarder à nouveau, encore trop terrifiée pour m'y risquer. Puis, voyant que les deux gentlemen ne paraissaient pas le moins du monde embarrassés par les dragons – ou plutôt les alligators – et qu'ils continuaient à examiner les papiers posés devant eux comme si de rien n'était, j'osai enfin jeter un coup d'œil au plafond. Ce que je vis dissipa en partie mes craintes. En effet, les deux créatures qui m'avaient fait si peur ne semblaient pas être en vie. Loin de flotter dans les airs, puisqu'elles étaient mortes, elles étaient suspendues au plafond au moyen de chaînes, d'agrès et de cordages que je n'avais sans doute pas remarqués dans l'obscurité de la nuit.

Je m'avançai enfin avec mon plateau et le déposai sur la table. Maintenant que mes craintes s'étaient évanouies et ma curiosité éveillée, je ne pouvais m'empêcher de contempler avec émerveillement les objets qui m'entouraient et qui, à la faveur de la lampe, surgissaient à présent des ténèbres les uns après les autres. Ainsi le majestueux blason de verre coloré qui ornait la vaste fenêtre tout au fond de la pièce, laissant filtrer jusque sur le sol une lumière ambrée, bleue et verte. Ou encore, sur les tables et les étagères, les livres – des charretées et des charretées – disputant le peu d'espace disponible aux racines, aux coraux, aux urnes et à une foule d'objets étranges – parmi lesquels le crâne – que j'avais aperçus la première nuit. En vérité, il y avait tant et tant à voir – surtout pour une personne aussi curieuse que moi – que je devais avoir les yeux ronds comme des soucoupes.

– Eh bien, qu'attends-tu pour nous servir à boire ? demanda le plus jeune des deux hommes d'un ton plutôt sec.

Je me hâtai d'obtempérer.

– Mrs Midge vous adresse ses compliments et vous prie de l'excuser de ne pas avoir de biscuits à vous offrir, dis-je en esquissant une petite révérence.

Je crois bien qu'aucun des deux ne m'entendit, car ils avaient toujours les yeux fixés sur le papier disposé devant eux où je distinguai d'austères diagrammes, des chiffres et aussi des griffonnages. Je venais de reposer le cruchon de posset sur la table et de tourner les talons quand quelque chose attira mon attention : c'était un très gros poisson en forme de bulbe, parfaitement immobile, qui gisait sur un fond de branches de coraux ondoyantes à l'intérieur d'un réservoir à parois de verre. Je le regardai avec ravissement, car il était de toute beauté avec ses écailles scintillantes aux couleurs de l'arc-en-ciel.

– Je vous répète que j'ai dressé le pentacle en utilisant l'incantation exactement comme c'est écrit ici, disait le Dr Dee à l'autre homme comme s'il avait oublié ma présence.

La réplique, teintée de scepticisme, fusa aussitôt :

– Êtes-vous bien sûr que vous n'étiez pas endormi et en train de rêver ?

– J'en suis tout à fait certain. Mettez-vous ma parole en doute ?

– Nullement. Je trouve seulement pour le moins étrange que d'habitude, personne d'autre que moi ne voie les apparitions.

– Mais je vous dis que j'ai vu le spectre aussi nettement qu'en plein jour ! poursuivit le Dr Dee d'une voix soudain plus aiguë sous l'effet de l'excitation. Elle était entièrement vêtue de satin de soie blanc et portait les cheveux dénoués sur les épaules comme une vierge. Elle semblait sur le point de me parler quand elle agrippa son sein d'une main, et alors la lueur céleste qui paraissait l'auréoler disparut d'un seul coup.

– Un miracle, en vérité ! s'écria le plus jeune des

deux hommes d'un ton un peu brusque. Mais il y a toujours quelque chose que je suis incapable de comprendre : si vous prononcez les incantations requises dans cette pièce, à portée du pentacle, alors pourquoi le spectre vous apparaît-il à l'extérieur, dans le corridor ?

En entendant ces dernières paroles, je sentis mes joues devenir brûlantes.

Le Dr Dee tendit la main pour prendre son gobelet, et les deux hommes regardèrent dans ma direction.

– Tu peux partir, dit le Dr Dee.

Je m'éloignai promptement, puis, après avoir refermé la porte derrière moi, m'attardai un instant dans le vestibule envahi par l'obscurité, le cœur battant à grands coups. Je comprenais maintenant ce qui s'était passé : le Dr Dee m'avait aperçue dans les ténèbres, et il s'était imaginé que j'étais un esprit ; un être qu'il avait fait surgir du royaume des morts !

Fallait-il que je retourne dans la bibliothèque et que je dise toute la vérité au Dr Dee ? Était-ce vraiment la meilleure chose à faire ? J'hésitai, car il avait l'air si heureux d'avoir eu cette apparition qu'il serait sans doute très fâché, peut-être même au point de me frapper, si je lui apprenais qu'il avait tout bonnement posé les yeux sur sa nouvelle servante. Après avoir réfléchi un bon moment à la question, je finis par poursuivre ma route, résolue à ne plus dire un mot à ce sujet.

– Je ne m'intéresse pas le moins du monde aux tours de magie du maître, et tu ferais mieux d'en faire autant, dit Mrs Midge en faisant la grimace.

Nous étions occupées à préparer le souper, et je m'étais hasardée à la questionner à propos du travail du Dr Dee et des apparitions qu'il voyait ou croyait voir.

– J'ai déjà assez à faire avec les besoins et les désirs des êtres vivants, continua-t-elle. Pourquoi est-ce que j'irais encore me tracasser pour les gens de l'autre espèce ?

Un frisson courut le long de ma colonne vertébrale.

– C'est donc là ce qui intéresse le Dr Dee ? demandai-je à voix basse. Chercher à faire apparaître les gens du royaume des morts et converser avec ces esprits ?

– On dit ça, répondit Mrs Midge.

Sur ce, elle se détourna pour se pencher sur le feu et arroser un petit canard, paiement en nature d'un horoscope dressé par le Dr Dee. La peau du canard grésillait et crépitait, exhalant des effluves exquis.

Je humai l'air.

– Est-ce qu'il en restera demain un peu pour nous ? Au moins de quoi picorer ?

– J'en doute fort, répondit Mrs Midge, car ce satané lèche-bottes de Kelly partage le repas du maître presque chaque jour, et il va certainement dévorer jusqu'au dernier tous les morceaux qui lui tomberont sous la main.

– Kelly est l'homme qui travaille avec le Dr Dee ?

Elle hocha la tête.

– Je ne comprends pas pourquoi il n'emménage pas dans cette maison en fin de compte, poursuivit-elle avec amertume, car il passe toutes ses journées ici à dresser ses cartes du ciel et à prétendre qu'il voit ci et ça. La maîtresse ne peut pas le souffrir.

– Ainsi, les deux gentlemen cherchent à parler avec les morts ? demandai-je en retenant mon souffle.

– Il me semble, ma fille, que pour une servante, tu poses beaucoup trop de questions, rétorqua Mrs Midge en faisant tourner la broche d'un geste vigoureux.

Je me sentis rougir.

– Vous avez sans doute raison, fis-je. M'man disait toujours que ma curiosité me perdrait.

Les deux petites filles, réfugiées sous la table, s'amusaient à faire rouler de long en large une balle après laquelle Tom-le-fou courait, allant et venant de l'une à l'autre. Soudain Merryl prit la parole.

– Ils parlent vraiment avec les anges, déclara-t-elle. Il y en a même deux qui viennent régulièrement à la maison. L'un s'appelle Madimi et l'autre, Céleste. Ils confient à Papa des secrets.

– Et comment votre père peut-il voir ces anges ? m'enquis-je en jetant des regards ardents sous la table.

– Il les voit dans la boule de cristal, répondit la fillette.

– Suffit ! s'écria Mrs Midge en assenant un grand coup de couteau à pain sur la table. Ces choses-là ne nous regardent pas ! ajouta-t-elle, tandis que Tom-le-fou poussait des hurlements de rire, comme s'il avait compris ses paroles.

– Ce n'est pas Papa qui voit et entend les anges, continua Merryl sans s'émouvoir, mais Mr Kelly, et après, il raconte à Papa ce qu'ils lui ont dit.

– Ils aimeraient bien que les anges leur apparaissent à tous les deux et ils essayent d'y parvenir, glissa Beth. Ils voudraient leur demander comment on fabrique certaines choses très spéciales, par exemple, l'or.

– Ils feraient bougrement mieux de fabriquer des groats avec la tête de la reine dessus, grogna Mrs Midge, comme ça on pourrait payer nos dettes et avoir chacune un canard rôti entier à souper !

Chapitre sept

En l'espace de quelques semaines, j'avais fait mon nid dans la maison de Dr Dee, et je m'y sentais même si bien que j'avais l'impression de vivre là depuis beaucoup plus longtemps. M'man me manquait, certes, mais Mrs Midge, si grondeuse qu'elle fût, jouait d'une certaine façon ce rôle. J'avais aussi conscience de l'absence de mon père, et j'en éprouvais un vif soulagement, car cela signifiait que je ne souffrais plus de ses coups (je n'avais pas oublié le bruit lourd et sourd avec lequel son poing serré s'abattait sur ma tête) ni de la faim (cette faim qui me tenaillait toujours à la maison, car il buvait le peu qu'on gagnait en fabriquant des gants à longueur de journée).

Bref, je me trouvais si heureuse chez le magicien que je ne craignais même plus de me rendre à la bibliothèque. Les trésors étranges qu'elle renfermait avaient cessé de m'effrayer. En outre, ni la pièce ni son contenu n'étant le moins du monde objets de vénération pour les enfants, nous y jouions avec autant d'insouciance que sur la berge du fleuve. Quant aux livres, eh bien, une fois que Beth eut descendu des rayonnages quelques-uns des grands volumes et m'eut montré qu'il n'y avait à l'intérieur qu'une suite de mots composés de lettres et agencés de façon à former une histoire, ils perdirent eux aussi le pouvoir de me faire peur. Je commençai même à penser que ce serait peut-être une bonne chose pour moi que d'apprendre à lire. Quand on sait lire en effet, toutes les connaissances du monde sont à votre disposition, et, quel que soit l'objet de votre curiosité, il est possible de la satisfaire. Parfois, quand le Dr Dee s'absentait, je me glissais dans la bibliothèque et je restais là un moment à regarder autour de moi, à toucher délicatement les coraux et les coquillages, les vases ou encore les racines bizarres encombrant les étagères, ou encore à m'approcher du crâne pour tenter de surmonter la crainte qu'il m'inspirait.

Un des objets de la bibliothèque qui m'intriguait tout particulièrement était le coffre cerclé de cuivre, car il était d'une facture admirable et sans doute aussi de grande valeur, comme s'il ne pouvait renfermer que quelque chose de très précieux. Il était du reste toujours soigneusement cadenassé, et il n'y avait trace de clef nulle part, aussi devais-je me contenter d'imaginer ce qui se trouvait à l'intérieur. Peut-être un trésor ? Des rangs de perles, des pierres étincelantes ou des pièces d'or. Mais non, il ne pouvait certainement pas abriter pareil trésor. Si tel avait été le cas, la maisonnée n'aurait pas été à ce point dans le besoin.

Il me restait encore à découvrir si le Dr Dee et Mr Kelly étaient oui ou non de vrais magiciens. J'avais reçu un message de Mrs Dee m'informant que le docteur avait questionné un esprit à propos de mes vêtements volés et que celui-ci lui avait répondu qu'un voleur les avait emportés à Londres pour les vendre dans un marché en plein air, mais je n'avais bien entendu aucun moyen de vérifier si c'était exact.

Quelquefois, lorsque Mr Kelly travaillait dans la pièce ou que le Dr Dee était occupé à dresser un horoscope pour un de ses clients, la porte de la bibliothèque était fermée à clef, et les fillettes priées de ne déranger sous aucun prétexte. Quand je me tenais devant la porte à ces moments-là, j'entendais souvent une étrange incantation semblable à celle que j'avais entendue la nuit de mon arrivée ici. Un jour que le maître l'avait laissée entrouverte, je glissai un œil dans l'entrebâillement et vis Mr Kelly à genoux sur le plancher. Le Dr Dee était debout à côté de lui, un parchemin à la main. Les deux gentlemen me tournaient le dos, et Mr Kelly disait :

– Je la vois ! Je vois Madimi. Elle parle... Elle vous enjoint de prendre garde de ne pas voyager le quinze du mois, car c'est un jour néfaste.

– En effet ! s'écria le Dr Dee qui s'empressa de noter quelque chose, sans doute ces informations.

– À présent, poursuivit Mr Kelly, on dirait qu'elle vous tend quelque chose.

– Qu'est-ce que c'est ? demanda le Dr Dee d'un ton impatient.

– Une pierre précieuse. Plus précisément, un rubis, rouge sombre comme une baie sauvage. Madimi me dit qu'elle aura bientôt la possibilité de vous le remettre en main propre.

– Est-il gros ?

– Très gros ! Et resplendissant ! Son éclat vient de l'intérieur. À en juger par sa taille, il vaut certainement une fortune.

L'œil toujours glissé dans l'entrebâillement de la porte – ce qui, je l'avoue, n'était certes pas à mon honneur –, je fixai désespérément les yeux sur ce que Mr Kelly semblait regarder, mais en vain : je ne pus rien voir ni même deviner ; je n'entendis rien non plus.

Il arriva un jour que les fillettes et moi, nous disposâmes d'un après-midi de liberté absolue, car le Dr Dee et son épouse, accompagnés de Mrs Allen, s'étaient rendus à Richmond pour conduire le bébé, maintenant âgé de deux mois, chez sa nourrice. Dans ce dessein, ils avaient loué un attelage, tiré par deux chevaux comme les charrettes, mais plus élégant, avec quatre sièges à l'arrière et une bâche imperméable contre les intempéries. Nous les avions regardés partir (Mrs Dee pleurait toutes les larmes de son

corps à l'idée de se séparer de son enfant bien-aimé).
Puis, tandis que Mrs Midge était occupée à bavarder
gaiement avec une voisine, les enfants et moi, nous
avions entamé une partie de cache-cache dans toute
la maison.

Il ne pouvait y avoir de demeure plus appropriée à
un tel jeu que la maison du magicien. En dépit des
malheureuses interventions de Tom-le-fou qui, bien
entendu, n'y comprenait rien, retenant son souffle
quand nous nous dissimulions mais devenant parfois
fou d'excitation et trahissant à grand bruit la planque
de l'un ou de l'autre dès que quelqu'un entrait dans
la pièce, Beth, Merryl et moi, nous y jouâmes avec
frénésie pendant plus de deux heures. En fait de
cachettes, nous avions l'embarras du choix : pla-
cards, pièces vides ou recoins obscurs ; lits et tables
sous lesquels on pouvait se glisser ; tentures de lit
dans quoi s'envelopper ; coffres de bois au fond des-
quels se terrer.

Une fois, quand ce fut mon tour de me cacher, laissant les fillettes compter dans la cuisine, je gagnai en
toute hâte la bibliothèque, car j'avais dans l'idée de
me faufiler derrière une vieille tapisserie masquant
une alcôve et de rester blottie au fond de cette niche
secrète.

Mais en pénétrant dans la pièce, je remarquai une
vaste cheminée de pierre au centre du mur qui me faisait face. Pour autant que je sache, elle n'avait encore
jamais été utilisée, car on lui avait préféré deux che-

minées plus petites disposées chacune à un bout de la pièce et jugées sans doute plus aptes à chauffer efficacement la pièce.

Pourquoi s'imposa-t-elle aussi soudainement à mon attention ? Je me posai cette question par la suite, me demandant si c'était à cause des deux nobles colonnes sculptées qui l'encadraient ou bien des gracieux motifs gravés dans le calcaire, mais sans doute la curiosité qui m'aiguillonnait depuis toujours était-elle la seule et unique raison de mon brusque intérêt pour cette cheminée.

Tandis que j'étais plantée là à l'admirer, une idée me traversa l'esprit : peut-être pourrais-je me tenir debout à l'intérieur et apercevoir ainsi le ciel au-dessus de moi ? Avançant d'un pas, je plongeai mon regard dans l'obscurité, au-delà d'une des colonnes de marbre, et perçus confusément – plutôt que je ne vis – un vaste espace.

J'avançai encore d'un pas, vers la droite cette fois, pour me retrouver dans un endroit aussi exigu qu'un débarras ou une tombe mais où l'on pouvait être dissimulé à tous les regards. Là (il y avait juste assez de lumière pour discerner ces détails), je notai quelques signes de vie : un tabouret, plusieurs chandelles crasseuses ainsi que des silex pour les allumer, une assiette, un couteau et une petite cruche en terre cuite qui semblait avoir contenu du lait, à en juger par son odeur aigre. Et tout ce que je touchai était recouvert par la poussière des ans.

Je m'assis sur le tabouret dans la quasi-obscurité en me souriant à moi-même, car je savais que les fillettes ne me trouveraient jamais en pareil endroit. Au bout d'un moment néanmoins, je me dis qu'il serait peut-être préférable de garder ce secret pour moi. En effet, quand je vivais encore à la maison, j'avais souvent souhaité dénicher une cachette idéale où je pourrais échapper à mon père. Eh bien, dans cette demeure, un repaire aussi intime pourrait se révéler utile un jour ou l'autre. Tel fut mon raisonnement. En outre, pensai-je – avec une audace toute neuve qui ne laissait pas de m'étonner –, en me cachant dans la cheminée, j'aurais des chances de découvrir ce que tramaient le Dr Dee et Mr Kelly quand la porte de la bibliothèque était fermée à clef.

Après m'être extraite de la cheminée et avoir brossé mes vêtements, je gagnai la première cachette qui m'était venue à l'esprit (dans l'alcôve, derrière la tapisserie), et je réussis sans problème à échapper au regard fureteur des fillettes pendant une quinzaine de minutes. Mais bientôt, et presque sans crier gare, avec le retour du petit groupe de Richmond, notre folle partie de cache-cache prit fin. Mrs Dee s'étant montrée dans l'incapacité de se séparer du petit Arthur, ils étaient revenus avec lui. Ils descendirent de l'attelage en frictionnant leurs membres endoloris et en se plaignant amèrement des secousses qu'ils avaient subies pendant tout le voyage, et Mrs Allen aida aussitôt Madame, qui était d'une pâleur alarmante, à se mettre au lit.

– Maman est tombée malade, déclara Beth, tandis que l'on préparait le souper. Papa l'a dit.

– Est-ce qu'on nous a emmenées aussi toutes les deux chez une nourrice, quand nous étions petites ? demanda Merryl à sa sœur.

Beth hocha la tête.

– Bien entendu. Et quand toi et moi, nous aurons des enfants, ils iront également chez une nourrice.

– Pas les miens ! s'écria Merryl en arrachant brusquement Tom-le-fou à Beth. Je les garderai avec moi.

Et elle s'enfuit en courant avec le singe qui n'appréciait pas d'être traité avec autant de brutalité et glapissait de frayeur. Beth se lança à sa poursuite pour récupérer la bestiole.

Tandis que je hachais des os qui devaient servir à préparer un bouillon, Mrs Midge – de fort bonne humeur (car la voisine avait partagé avec elle une bouteille de vin de Bordeaux, désormais vide près de l'abreuvoir) – se lança dans la série de récits de son existence passée, du temps où elle travaillait pour la famille de Mrs Dee. Elle me raconta comment elle avait atterri à Mortlake avec sa maîtresse, quand celle-ci avait épousé, voilà dix ans, le Dr Dee, précisant que Mrs Dee avait trente ans de moins que son mari et qu'elle était sa troisième épouse.

– On dit qu'elle a fait un beau mariage, et que c'est un couple bien assorti, ajouta Mrs Midge, mais ce n'est pas mon avis, car elle est encore jeune et jolie, alors que lui n'est plus qu'une vieille carcasse d'homme que je ne pourrais pas souffrir à mes côtés, toute Mrs Midge que je suis.

– Comment ses deux premières femmes sont-elles mortes ? demandai-je.

– En couches, répliqua-t-elle – ce que j'aurais pu deviner moi-même.

– Un beau mariage que le sien, ah oui, en vérité ! continua Mrs Midge. Tout ce que ma pauvre maîtresse a récolté là, c'est un labyrinthe de pièces trop petites, incommodes à souhait. Seigneur ! Dire que Sa Majesté en personne vient en visite ici ! Y a pas que les rats qui déboulent de la Tamise, y a aussi les courants d'air malsains. La vieille douairière – la mère du maître –, elle est morte d'une fièvre qu'elle a attrapée en respirant l'air fétide qui monte du fleuve.

– C'était quel genre de femme, la vieille Mrs Dee ? demandai-je.

– Une vraie harpie*. Elle avait mis en place tout un tas de règles que j'étais obligée de suivre. Me disait, par exemple, comment je devais récurer mes casseroles et tenir ma cuisine propre ! Ah, et puis elle appartenait à l'ancienne religion : elle avait fait dresser un autel dans la bibliothèque (c'était avant mon arrivée ici), et on y célébrait la messe – même après que notre reine était déjà montée sur le trône.

Je la regardai avec stupéfaction.

– Oui, oui, confirma Mrs Midge, c'est la pure vérité, je n'invente rien. On dit même qu'il y aurait quelque part dans cette maison une cache spéciale pour le prêtre, comme ça, il pouvait se terrer vite fait, si on soupçonnait qu'il célébrait une messe illégale.

– Oh! fis-je.

Ainsi, voilà à quoi mon repaire secret avait servi jadis : à cacher les prêtres réfractaires. Et personne ne semblait être au courant de l'existence de cet endroit...

Chapitre huit

Quelques jours plus tard, Mrs Midge me donna une pièce de six pence (qui, je crois bien, sortait de sa propre poche) et m'envoya acheter des herbes aromatiques au marché. Autrefois, m'expliqua-t-elle, herbes et salades – en quantité suffisante pour couvrir les besoins de la maisonnée – poussaient dans la cour, mais ces derniers temps, le potager avait été négligé, et on n'y trouvait plus guère qu'un fouillis d'orties et de ray-grass.

Merryl et moi, nous nous rendîmes ensemble au marché. Beth était restée à la maison pour aider Mrs Midge à préparer un baume pour le petit Arthur dont les fesses et le dos étaient couverts à ce qu'ils disaient de petites papules rouges et qui avait pleuré et crié toute la nuit (Dieu merci, ma chambre était loin de la sienne !). En chemin, Merryl me raconta que son père avait dressé l'horoscope d'Arthur pour s'assurer que son avenir correspondrait bien aux positions des astres dans le ciel à l'heure de sa naissance.

– Papa apprend beaucoup de choses en regardant les étoiles, dit-elle. Savais-tu que c'est lui qui a décidé quand le couronnement devait avoir lieu ?

J'avouai que je n'en avais rien su.

– D'après ce que Papa a conclu en observant les différentes configurations des corps célestes, poursuivit Merryl, qui parlait avec des mots très savants – comme je n'en avais encore jamais entendu dans la bouche d'un enfant –, Arthur deviendra un grand devin et sera capable de parler avec les esprits, aussi, très bientôt, n'aura-t-il plus besoin de l'aide de Mr Kelly.

Je hochai la tête en songeant que Mrs Midge serait certes enchantée de voir Mr Kelly prendre la porte, mais qu'il lui faudrait encore attendre de longues années avant qu'Arthur ne soit prêt à assumer ses responsabilités.

Le marché se tenait dans un petit square, devant un bâtiment très ancien qui avait été jadis – au temps où ces choses existaient encore – un couvent. Les commerçants étaient essentiellement des fermiers et de braves ménagères. Les uns avaient déballé leurs marchandises pour les disposer sur de simples planches en équilibre sur des bûches, les autres les avaient laissées dans les paniers d'osier. C'était un véritable tohu-bohu, car ils criaient tous à la fois, vantant à qui mieux mieux les mérites de leurs produits respectifs. J'achetai ce dont j'avais besoin : un chapelet d'ail, une botte de ciboulette, un bouquet de sauge et du thym. Mes emplettes terminées, je remarquai un étal de vêtements d'occasion où je me procurai pour trois pence une chemise de dessous, blanche et garnie de dentelle à l'encolure, qui égayerait mes deux « nouvelles » robes. Je consacrai encore deux pence de mon propre argent à l'achat de souliers d'étoffe dont j'avais le plus grand besoin, puis j'allai un peu plus loin et me retrouvai près d'un panier rempli de faisceaux de lavande. L'odeur de la plante suffit à me transporter instantanément à la maison ; je me revoyais occupée à confectionner mes faisceaux de lavande, assise à la table branlante de la cuisine où flottait ce même parfum, tandis que ma mère brodait ses gants. J'éprouvai soudain un sentiment de nostalgie si violent que mes yeux se remplirent de larmes. Si seulement elle pouvait être en bonne santé et ne pas trop souffrir de mon absence !

Refoulant mes larmes d'un battement de cils, je pris un des faisceaux de lavande pour en demander le prix, et mes yeux tombèrent alors pour la première fois sur la jeune vendeuse. Bien qu'un peu plus grande et un peu plus maigre que moi, elle semblait avoir à peu près mon âge. Son corsage où je notai une petite reprise, à hauteur de l'épaule, était en lin d'un rose très pâle, légèrement passé. Quant à la jupe, très ample, elle était d'un ton plus soutenu que le corsage, parce qu'elle avait été moins souvent lavée. Par-dessous, elle portait une chemise à l'encolure montante soulignée d'un liseré de dentelle bon marché. Je dévisageai la fille avec une indignation croissante – et pour cause ! Si j'avais une connaissance aussi intime de ces différents garnements*, si le moindre pli, la moindre reprise m'en étaient familiers, c'est parce qu'ils m'appartenaient !

Je poussai un cri.

– Mes vêtements ! m'exclamai-je. Figurez-vous, mademoiselle, que vous portez ma jupe et mon corsage ! Et ma chemise par-dessus le marché !

Mes yeux glissèrent alors de ses habits au panier qui contenait ses bottes de lavande.

– Mais c'est mon panier ! m'écriai-je en reconnaissant mon bien. Et je suppose que vous avez aussi mon peigne et mes bas !

La fille pâlit et me jeta un regard effrayé.

– Espèce de voleuse ! Comment osez-vous les porter avec une pareille insolence ?

Entre-temps, Merryl, qui était allée se promener au milieu des étals, était revenue. Elle nous fixait toutes les deux, les yeux écarquillés.

– Ce sont tes habits, Lucy ? demanda-t-elle. Ceux que tu as perdus ?

– Et comment ! répondis-je d'un ton de protestation indignée.

Un attroupement s'était formé autour de nous : les gens étaient, semble-t-il, ravis de cette rupture dans leur routine quotidienne.

– Faut-il que j'aille chercher un officier de police ? demanda un homme avec empressement.

– Bien entendu, et vite ! répliquai-je, car cette fille est sans doute une voleuse : elle porte mes vêtements.

La fille éclata en sanglots.

– Je ne les ai pas volés. Je vous en prie, ne me dénoncez pas…

– La loi en jugera, mademoiselle, dis-je d'une voix forte qui se voulait autoritaire. J'avais laissé sur la berge de la Tamise ce panier, qui contenait, entre autres choses, ma jupe et mon corsage – ceux-là mêmes que vous avez sur le dos – et je ne l'ai jamais retrouvé. Quelqu'un l'a certainement volé. Osez-vous affirmer que vous n'êtes pas la voleuse ?

– C'était pas moi, je le jure ! s'écria-t-elle. S'il vous plaît, n'appelez pas l'officier de police, ou il me jettera en prison !

– Mais alors comment se fait-il que vous portiez ces vêtements ? demanda quelqu'un dans la foule.

– C'est-y le petit peuple des fées qui vous les a apportés ? demanda un autre, déclenchant quelques rires.

– Mon… Un membre de ma famille les a trouvés. Ils étaient dans un panier, il n'y avait personne à la ronde, et il ne savait qu'en faire. Alors il me les a donnés.

– Mais vous auriez dû penser qu'ils appartenaient à quelqu'un, fis-je. Pourquoi ne les avez-vous pas apportés à l'officier de police ?

– J'avais l'impression que c'était comme… comme un cadeau tombé du ciel, répondit la fille.

Soudain, ses yeux tombèrent sur Merryl, et elle poussa un cri étouffé.

– N'est-ce pas l'enfant du magicien ? demanda-t-elle.

J'acquiesçai d'un signe de tête.

– Oui, c'est bien l'enfant du Dr Dee, mon patron. J'avais laissé le panier de vêtements non loin de sa maison, plus exactement à Mortlake, sur la berge de la Tamise, comme vous devez le savoir.

Le visage de la fille était devenu d'une pâleur mortelle.

– Je vous en supplie, ne le laissez pas m'ensorceler ! Je vous rendrai tout ce qui vous appartient. Prenez déjà cela, ajouta-t-elle en me mettant entre les mains le panier encore rempli de faisceaux de lavande. Venez avec moi, et je vous donnerai tous vos effets. Seulement ne permettez pas qu'un horrible sort soit jeté sur moi et ma famille…

Je la regardai avec stupéfaction.

– Mais je ne voulais pas…

Elle fondit à nouveau en larmes, ce qui me déconcerta. Ma perplexité se changea en une soudaine compassion pour elle, et je lui pardonnai immédiatement.

– Cessez de pleurer, fis-je. Écoutez, je vais vous accompagner dans votre maison, vous me rendrez ce qui m'appartient, et nous serons quittes.

– Vraiment? demanda-t-elle en agrippant ma manche. Et vous n'en parlerez pas au magicien?

– Je n'en parlerai à personne, répondis-je en songeant qu'elle n'avait sans doute pas grand-chose à craindre du Dr Dee, car ses talents de magicien semblaient très limités: n'avait-il pas déclaré que mes habits se trouvaient sur un étal de marché à Londres, alors qu'ils étaient à moins d'un quart de lieue de sa demeure?

Après avoir adressé des signes d'adieu aux badauds déçus, Merryl et moi, nous suivîmes la fille jusqu'à sa maison – une petite chaumière non loin d'un hameau appelé Barn Elms – et nous l'attendîmes dehors pendant qu'elle se changeait.

Je regardai à travers les volets de ce qui semblait être une très humble demeure, et je constatai qu'effectivement, elle ne contenait pas grand-chose en fait de meubles et qu'en guise de cheminée, il n'y avait qu'un trou au milieu du toit pour laisser sortir la fumée. La fille grimpa à l'échelle qui menait au grenier à foin, et quand elle réapparut, ce fut vêtue d'un bas-de-jupe et d'une casaque élimés. Elle me tendit le panier avec mes affaires en se confondant en humbles excuses tant et si bien que je dus la prier d'y mettre un terme. Après quoi, nous reprîmes ensemble le chemin du marché, car elle avait encore à écouler une demi-douzaine de faisceaux de lavande, qu'elle transportait à présent dans un châle fatigué suspendu à son épaule.

– Je faisais la même chose quand je vivais à la maison, expliquai-je. C'est un travail très agréable, mais qui ne vous occupe pas très longtemps dans l'année.

– Et maintenant, qu'est-ce que vous faites ? demanda-t-elle timidement.

– Je suis la bonne d'enfants du Dr Dee, répondis-je, notant son regard d'effroi à la seule mention du nom du magicien.

Je baissai alors la voix, bien que Merryl, qui gambadait en avant avec le panier de Mrs Midge, fût à bonne distance de nous.

– Jusqu'ici, ajoutai-je, je n'ai encore jamais eu lieu de le craindre.

– Alors pardonnez-moi de vous parler ainsi, mais il paraît que c'est un nécromancien * – quelqu'un qui fait apparaître les morts. Une femme du coin jure qu'il a ensorcelé sa vache et qu'elle ne donne plus que du lait empoisonné.

Je secouai la tête.

– Je ne peux pas croire qu'il ait fait une pareille chose, car c'est le magicien de la reine, et il a sûrement bien plus important à faire que s'occuper de vaches et empoisonner leur lait. On dit que les magiciens changent le métal ordinaire en or, mais cela reste à prouver, car il n'y a jamais un sou vaillant dans la maison du Dr Dee.

– Ma mère, reprit la fille, prétend qu'elle l'a entendu parler… parler avec…

Elle s'arrêta comme si elle avait des difficultés à trouver ses mots, puis, après s'y être essayée à plusieurs reprises, finit par lâcher :

– … le diable.

– C'est pas vrai ! m'écriai-je avec toute la force de ma conviction tout en sentant un petit frisson d'horreur parcourir ma colonne vertébrale.

J'espérais de tout cœur n'être pas tombée dans une maison aussi suspecte.

La fille et moi, nous échangeâmes nos prénoms. Elle portait celui d'Isabelle, que je trouvais très joli. Et bientôt, nous étions lancées dans une grande conversation à bâtons rompus. J'appris que son existence n'avait pas été tellement différente de la mienne – même si elle vivait toujours à la maison, ce qui n'était plus mon cas, et si elle était l'aînée d'une famille de six enfants, alors que j'étais la plus jeune. À la moindre pause dans notre discussion animée, elle ne manquait pas de me remercier encore et encore de ne pas l'avoir livrée au guet, si bien qu'à la fin, je dus me montrer sévère et lui promettre que si jamais elle remettait ce sujet sur le tapis, je l'emmènerais moi-même tout droit à la prison. Cela nous fit rire toutes les deux, et nous devînmes amies.

Aux abords du pré communal, nous étions sur le point de nous séparer et d'aller chacune notre chemin quand une bande de jeunes gens portant tous la pèlerine bleue et la casquette plate ordinaire des apprentis nous dépassa en courant. Ils poussaient des cris, des hourras et des vivats avec tant d'ardeur que des gens les arrêtèrent pour leur demander où ils allaient avant de leur emboîter le pas.

– Qu'est-ce qui se passe ? m'enquis-je. Un incendie ? Isabelle secoua la tête.

– C'est la reine qui passe dans sa barge ; elle vient de Whitehall. Les apprentis qui l'ont déjà aperçue en amont ont coupé à travers le pré communal pour tenter de la revoir en aval.

– La rivière est-elle loin d'ici ? demandai-je, folle d'excitation.

– Non, répondit-elle en me désignant la direction, juste de l'autre côté du pré communal.

Je me hâtai d'appeler Merryl pour lui demander si elle voulait voir la reine.

– Je l'ai déjà vue très souvent, commença-t-elle en accourant à ma rencontre. Mais je veux bien la revoir, si cela te fait plaisir, ajouta-t-elle comme si elle avait lu à livre ouvert dans mes yeux fiévreux.

Isabelle s'était mise à courir comme une folle à travers le pré communal, empruntant le sentier qui surplombait un ruisseau avant de passer sous les grands chênes.

– Dépêche-toi ! cria-t-elle.

Je retroussai mes jupes et me lançai tant bien que mal à sa poursuite, écrasant au passage les glands tombés des chênes et esquivant les cochons qui s'en nourrissaient.

Nous arrivâmes à temps pour entendre le vacarme annonciateur du passage de la reine : on tirait des coups de feu ; des gens soufflaient dans des trompettes, jouaient d'autres instruments de musique ou encore tapaient des couvercles de marmite l'un contre l'autre ou sifflaient ; d'autres hurlaient : « Dieu sauve Sa Majesté ! » et « Longue vie à la reine ! » Gagnées par l'excitation générale, nous commençâmes toutes les trois à pousser des cris, des vivats et des hourras avant même d'avoir aperçu quoi que ce fût.

Le spectacle ne se fit pas attendre. À peine avions-nous atteint la berge de la Tamise que la barge de la reine glissait devant nous, halée par une puissante barque à huit rameurs. La barge, qui disposait, à l'avant, d'une cabine vitrée surmontée d'un dais de soie chatoyante, était une pure merveille avec ses peintures et ses dorures. Assise sur un trône d'or, devant la cabine, se tenait la femme que je rêvais de voir depuis très longtemps : Sa Majesté la reine Elizabeth d'Angleterre. Elle adressait tour à tour à la petite foule rassemblée sur les deux berges de gracieuses salutations, recevant avec de grands sourires les hommages de ses sujets. Toute une flottille de barques escortait la barge de la reine. Elles étaient chargées de gens, manifestement heureux de faire partie du cortège de Sa Majesté, qui agitaient la main, poussaient des acclamations ou battaient du tambour.

Au passage de son embarcation, les cloches de

l'église retentirent à toute volée, carillonnant et carillonnant un air joyeux jusqu'à ce que l'église suivante, en aval, le reprenne. Cette église était, je le savais, l'église Sainte-Marie de Mortlake, près de la maison du magicien.

Nos hourras et nos vivats ne prirent fin qu'une fois que la reine fût hors de vue et nos voix presque rauques. Isabelle se tourna alors vers moi avec un sourire :

– La reine rentre de voyage et se rend au palais de Richmond. On dit que c'est sa résidence préférée.

– Quelquefois, elle profite de ce trajet pour rendre visite à Papa, glissa Merryl d'un ton neutre.

– Vraiment ? m'écriai-je d'une voix entrecoupée par l'émotion.

La fillette acquiesça d'un signe de tête.

– La reine, continua-t-elle, vient le consulter pour différentes raisons. Tantôt elle désire connaître quel est le jour le plus faste pour faire telle ou telle chose ou bien si l'amour que tel ou tel amant lui porte est sincère, tantôt elle souffre de fièvre et veut savoir si son état risque de s'aggraver ou non.

Isabelle regarda Merryl.

– La reine descend-elle vraiment dans votre maison ?

Merryl hocha la tête.

– C'est la vérité, confirmai-je. Je l'ai déjà entendu dire. Il faut nous dépêcher de rentrer ! ajoutai-je en prenant la fillette par la main.

Sur ce, je fis mes adieux à Isabelle en lui promettant de venir la retrouver un jour prochain au marché. Après quoi, Merryl et moi, nous prîmes enfin le chemin du retour. Je pressai le pas, car la reine allait peut-être passer voir le magicien, et en ce cas, j'avais bien l'intention d'être là.

Chapitre neuf

Quelques jours s'étaient écoulés depuis la visite de la reine au Dr Dee, et je m'étonne encore de la témérité (certains l'appelleraient sottise ou folie) qui m'avait poussée à agir comme je l'avais fait. À dire vrai, j'étais si curieuse de la connaître, je brûlais tant de voir de tout près la noble, la splendide, la bien-aimée reine dont j'avais tant entendu parler depuis mon enfance que je ne réfléchis pas ou à peine aux conséquences de mon acte.

Voici comment sa visite s'annonça. Un matin, très tôt, nous entendîmes cogner à grands coups à la porte – non pas la porte de service, à l'arrière de la maison, mais la porte principale, ce qui contraria vivement Mrs Midge. Pourquoi diable le visiteur qui se présentait ne faisait-il pas le tour de la maison pour frapper à la porte de la cuisine comme tout le monde ?

– Dieu du Ciel ! rouspéta-t-elle. Nous n'avons ici ni valets de chambre ni valets de pied, c'est donc à des gens comme vous et moi de garder la porte! Un comble! Je ne comprends vraiment pas comment on peut attendre de moi ce service-là avec tout ce que j'ai déjà à faire, non, en vérité, je ne comprends pas!

Je proposai d'aller ouvrir, car Merryl et Beth n'étant pas encore sorties de leurs chambres, je n'étais pas très occupée ou à peine.

– Qui que ce soit, dis-lui ou dis-leur qu'ils seront payés quand le maître dira qu'ils doivent être payés! Dis-leur aussi qu'ils ont un sacré culot pour venir frapper à la porte principale comme de grands seigneurs.

Mais quand j'ouvris enfin, je ne trouvai devant moi ni poissonnier, ni drapier, ni boucher planté là à réclamer son argent, mais un homme au teint basané tenant par la bride un cheval alezan. Il portait une somptueuse livrée en panne de velours noir égayée d'une fraise* et de manchettes en dentelle, et dans ce costume, il avait si belle allure que je ne pus m'empêcher d'en rester bouche bée comme une morue.

Après m'avoir saluée d'un petit signe de tête, il se présenta comme l'écuyer* de la reine d'Angleterre. La reine! me dis-je. Muette de saisissement, je remerciai le Ciel d'avoir songé ce matin à mettre ma nouvelle chemise de dessous et à peigner mes cheveux avant de m'incliner aussi profondément que si c'était elle en personne qui se tenait devant moi. Quand je me relevai, l'écuyer était toujours là, impassible, attendant ma réponse.

Du fond de sa cuisine, Mrs Midge rugit :

– Dis à ce gamin des rues au cerveau fumeux qu'il devra attendre comme les autres avant d'être payé, et si ça ne lui plaît pas, eh bien, que les guêpes lui brûlent donc le derrière !

Souhaitant de tout mon cœur que l'écuyer n'ait pas entendu les éructations de la cuisinière, je m'inclinai à nouveau dans l'espoir de gagner un peu de temps. Fallait-il que je le laisse sur le seuil pendant que j'irais chercher un membre de la famille ou que je le prie d'entrer ? Et en ce cas, dans quelle pièce l'introduire ? À la cuisine ? Mais alors qu'adviendrait-il du cheval qu'il tenait par la bride ? *Ça* ne pouvait tout de même pas venir à la cuisine !

Dieu merci, Merryl vint à ma rescousse. Elle s'approcha d'un pas ensommeillé, nu-pieds, vêtue d'une robe de chambre de sa mère, qui traînait par terre.

– Papa vous a entendu arriver, déclara-t-elle à l'écuyer. Il m'a chargée de vous dire qu'il se tenait à l'entière disposition de la reine.

L'homme hocha la tête.

– Veuillez informer votre maître, le Dr Dee, que Sa Majesté a l'intention de lui rendre visite ce matin.

– Je n'y manquerai pas, répondit Merryl d'un ton solennel.

Et, après avoir fait à l'écuyer une petite révérence que je m'empressai d'imiter, elle referma la porte.

Je regardai la fillette avec des yeux brillants d'excitation.

– La reine va venir ! dis-je en lui ébouriffant les cheveux. Il faut que je les boucle et que je les attache avec de jolies barrettes, que je vérifie si ta collerette neuve a bien été repassée et que je te mette tes plus jolis vêtements.

– Si tu veux, répondit-elle en bâillant.

– Oh, nous ne verrons sûrement pas Gloriana * ! affirma Mrs Midge. Qu'est-ce que tu crois ? Tu te figures donc qu'elle va venir ici, à la cuisine et s'asseoir au coin du feu avec un gobelet de bière à la main ? Non, elle se rendra tout droit à la bibliothèque pour consulter le maître.

– Mais il faut absolument que je l'aperçoive, ne serait-ce qu'un instant ! m'écriai-je. Sera-t-elle seule ?

Mrs Midge secoua la tête.

– Elle viendra avec sa dame d'honneur – peut-être même deux ou trois suivantes –, son bouffon, je présume, quelques-uns de ses ministres les plus importants, très certainement, et, bien entendu, son goûteur. Il se peut même, si par hasard elle ne se sent pas très bien, qu'elle soit accompagnée de son médecin personnel.

– Et où iront-ils tous ? demandai-je.

Je ne pouvais m'empêcher de les imaginer en train de tourner en rond dans les corridors, à la recherche de tabourets pour s'asseoir, tandis que le singe sautait sur eux et leur tirait les cheveux.

– La plupart du temps, répondit la cuisinière, le

maître les reçoit dans la bibliothèque. Nous y disposerons deux séries de chaises. La reine et le Dr Dee s'assoiront à un bout de la pièce pour s'y entretenir en secret, hors de portée de voix de la suite royale qui s'installera à l'autre bout de la salle. Je parie, ajouta-t-elle avec une grimace, que Kelly aura entendu parler de la visite de Sa Majesté et qu'il se présentera ici à l'heure dite. Ce bon à rien prétentieux ne permettra même pas au Dr Dee d'avoir Sa Majesté pour lui tout seul.

– Est-ce qu'elle dînera ici ?

Mrs Midge secoua la tête.

– Quelquefois, par temps chaud, elle boit un petit vin du Rhin bien frais ou bien, un jour maussade comme aujourd'hui, il arrive qu'elle prenne un vin chaud. Son goûteur apportera sans doute un flacon de vin à cet effet, car Sa Majesté est très difficile et n'apprécierait pas notre vin à nous, gens ordinaires.

Fascinée par tous ces détails de la vie de la reine, je poussai un soupir. À dire vrai, je n'avais plus rien d'autre en tête que cet événement proprement stupéfiant, ahurissant même : la reine Elizabeth, notre souveraine régnante, allait bientôt se trouver sous le même toit que moi…

– Pensez-vous qu'elle se mariera un jour ? demandai-je. Et croyez-vous qu'elle puisse encore avoir un héritier. Ou bien est-il trop tard ?

Mrs Midge fit la moue.

– Elle ne se mariera pas si elle pense que le mariage n'est pas bon pour elle.

– Que voulez-vous dire ?

– Pourquoi une femme, à plus forte raison une reine, se contenterait-elle d'être une génisse attachée à un piquet ?

Je ne pus m'empêcher de sourire à cette boutade.

– Mais, à votre avis, est-elle amoureuse de quelqu'un ?

– Bah ! fit Mrs Midge. Quand on est reine, l'amour n'a rien à voir là-dedans. S'il faut vraiment qu'elle se marie, ce sera pour le seul bien du royaume.

Je regardai par la fenêtre, me demandant s'il y avait une petite chose que je pourrais accomplir pour me rendre utile à la reine. Dans une ballade très populaire, notre bon Sir Walter Raleigh étend sa plus belle houppelande par-dessus une mare pour éviter que Sa Majesté ne se mouille les pieds. Si seulement je pouvais faire un geste comme cela, peut-être Sa Majesté me remarquerait-elle et m'élèverait-elle au-dessus de mon rang ; peut-être m'emmènerait-elle à la cour pour faire de moi une de ses dames d'honneur, comme cela avait été le cas pour Lady Ashe.

Une fois leur petit-déjeuner terminé, les fillettes furent mandées à l'étage auprès de leur mère, car on espérait que la reine émettrait le souhait de voir le petit Arthur et lui ferait don d'une pièce d'or. Quant à Mrs Midge et moi, nous gagnâmes sans tarder la bibliothèque pour y allumer les feux, épousseter chaises et tabourets, et remplacer les roseaux souillés qui recouvraient le sol par des brassées de joncs frais. Après quoi, j'allai dans ma chambre pour me changer et découvris que j'avais l'embarras du choix : j'étais à présent l'heureuse et fière propriétaire de quatre tenues complètes, et même bien davantage, puisque chaque corps-de-jupe pouvait être assorti à un autre bas-de-jupe. Comme j'aurais aimé que Maman et mes sœurs aient vent de ma bonne fortune ! En effet, étant la benjamine de la famille, j'avais toujours dû me contenter des vêtements usagés de mes aînées et je n'avais jamais eu plus de deux tenues en ma possession.

Après réflexion, je décidai de mettre ma nouvelle chemise de dessous avec le corsage vert et la jupe grise, puis je me lavai la figure et retins mes cheveux à l'aide d'un ruban, laissant s'échapper quelques petites mèches que j'entortillai autour de mon doigt pour les faire boucler, afin de ne pas avoir l'air trop sévère. Je tenais beaucoup à ce que mon apparence fût très soignée, car même si je n'avais aucune chance de me trouver face à face avec Sa Majesté, j'étais susceptible de croiser des hommes et des femmes à son service, ces heureux élus qui avaient la chance de vivre à la cour et de la croiser chaque jour.

Un coup frappé à la porte annonça la reine quand j'étais encore dans ma chambre. Je n'eus pas le temps de me poster à la fenêtre d'où j'aurais eu une excellente vue sur le porche. Mais, sachant que le Dr Dee en personne allait faire entrer Sa Majesté, je dévalai l'escalier aussi vite que je pus, dans l'espoir de me cacher à l'angle du corridor et de voir le groupe royal pénétrer dans la bibliothèque. Malheureusement, j'arrivai un peu trop tôt : ils étaient encore à échanger sur le seuil de la porte des salutations telles que : « Votre serviteur, madame ! » ; « Votre servante, monsieur ! », et ainsi de suite.

L'escalier sur lequel je me tenais était situé presque en face de la porte de la bibliothèque, qui était grande ouverte et encore déserte. En regardant cette porte, je pensai tout à coup à l'endroit secret – une cachette idéale – que j'avais récemment découvert, et en l'espace de quelques secondes, j'avais franchi la porte pour me glisser dans la cheminée et me nicher au fond de la cache avant même d'avoir pu me demander si c'était là une sage décision.

Une fois là, je me recroquevillai sur le tabouret, le cœur battant. Qu'est-ce qui m'avait pris de faire une chose pareille ? Ce n'était certainement pas une sage décision…

Je n'eus pourtant pas le temps de changer d'avis, car presque aussitôt des bruits se firent entendre à la porte de la bibliothèque : froissement des joncs foulés aux pieds, froufrou des encombrantes robes à vertugadin*, murmures des gens qui entraient. Puis la porte se referma derrière eux.

J'essayai de me changer en pierre et de rendre ma

respiration la plus légère possible. C'est à peine si l'épaisseur d'un corps me séparait de la reine d'Angleterre ! Cette seule pensée m'emplissait d'une terreur si grisante, si délicieuse que je me sentais au bord de l'évanouissement.

Des rires me parvinrent alors. Quelqu'un – homme ou femme, je n'aurais su dire – lança d'une étrange voix suraiguë :

– Et maintenant, noble dame, voici !

Après quoi, ce fut un bruit de petits pas pressés – comme un trottinement – suivi d'applaudissements. Je profitai de cette agitation qui se prolongea quelques instants pour me déplacer très légèrement de façon à pouvoir apercevoir à travers une fente – entre le mur et la cheminée de calcaire – une partie de la salle. Mais ce coup d'œil ne satisfit guère ma curiosité, car de mon poste d'observation, je ne pouvais pas voir la reine ; je voyais seulement le Dr Dee dans sa grande robe noire qui traînait par terre, ainsi qu'un objet que je n'arrivai pas à identifier dans un premier temps : il roulait d'arrière en avant et d'avant en arrière, sortant de mon champ de vision pour y rentrer ensuite. Après une nouvelle série de rires et d'applaudissements, je finis par me rendre compte que la petite silhouette roulant çà et là devait être le bouffon du roi qui se livrait à quelque facétie.

Une fois le divertissement terminé, le Dr Dee s'écarta, bientôt rejoint par une femme vêtue d'une éblouissante robe de soie vert émeraude chargée de bijoux et d'une profusion de broderies. À en juger par le seul tissu, une étoffe splendide comme je n'en avais encore jamais vu, je compris que ce ne pouvait être que le costume de la reine. J'entendis alors le Dr Dee dire :

– Veuillez vous asseoir, Votre Majesté, je vous prie.

Je sentis alors des frissons de plaisir me parcourir tout entière.

À nouveau me parvint le son d'un rire, un rire très léger, et d'une voix – une voix de reine sans nul doute – qui répondait :

– Nous le ferons avec le plus grand plaisir, docteur Dee, car ce matin, tôt, avant même le petit-déjeuner, nous étions à chasser au faucon dans le parc, et nos membres royaux sont quelque peu las.

À l'autre bout de la pièce, près de la fenêtre aux vitres de couleur, il semblait y avoir du mouvement et des murmures confus, mais la reine et le Dr Dee étaient assis, fort heureusement, près de la cheminée où j'étais cachée. Je ne pouvais les voir tous les deux que partiellement, mais en revanche, je pouvais entendre la plus grande partie de leurs paroles.

– Nous avons cru comprendre que votre épouse avait accouché, dit la reine de sa belle voix grave et mélodieuse.

– En effet, Votre Majesté.

– La mère et l'enfant se portent-ils bien ?

– Oui, en vérité. Ils sont tous deux en excellente santé, Votre Majesté !

– Toutes nos félicitations. Vous avez donc un héritier, à présent ?

– Oui, confirma le Dr Dee. Arthur. Il est né un jour particulièrement faste, Votre Majesté, ajouta-t-il d'une voix que l'émotion rendait plus aiguë. En dressant son horoscope, j'ai découvert qu'il avait la Lune en Sagittaire et bien d'autres maisons dans des signes connus pour leur sagesse, ce qui signifie qu'il aura toutes les qualités requises pour être un magicien et un devin.

– Comme c'est heureux pour vous ! répondit la reine. Et où en sont vos expériences, Dr Dee ? ajouta-t-elle après un silence en baissant légèrement la voix. Êtes-vous enfin près de trouver la formule de l'élixir ? Vous savez bien, un certain élixir, cet élixir qui... ?

Le Dr Dee s'éclaircit la gorge.

– Soyez assurée que Mr Kelly et moi-même, nous nous appliquons à mettre en œuvre tout ce qui est en notre pouvoir dans l'espoir d'aboutir un jour à l'élaboration de cet élixir pour le plaisir de Votre Majesté.

– Alors hâtez-vous ! répondit la reine. En effet, ajouta-t-elle avec un sourire ironique, nous avons déjà passé le premier âge de la beauté.

La réplique fusa aussitôt :

– Il n'en est rien, Votre Majesté. Puis-je vous dire qu'il émane au contraire de Votre Majesté assez de charme et de beauté pour couvrir de honte la pleine lune ?

– Ah, mon bon docteur Dee, déclara la reine – et je perçus un sourire dans sa voix –, si seulement tous

nos sujets pouvaient nous voir à travers vos yeux !
Mais nous sommes venue vous consulter également
pour une autre affaire, reprit-elle après quelques
minutes de silence, et nous avons emmené avec nous
une personne qui a grand besoin de vos conseils.

« Comme elle semble aimable ! m'émerveillais-je.
Et quelle culture ! Quelle grâce ! »

Elle avait probablement dû se retourner et faire
signe à quelqu'un, car un instant plus tard, j'entendis, en provenance de l'autre bout de la pièce, les pas
lourds d'un homme portant bottes et étriers.

– Voici Sir Calum Vaizey, l'un de nos ministres les
plus dignes de confiance, déclara la reine. Il souhaite
s'entretenir avec vous d'un sujet particulièrement cher
à son cœur.

Le Dr Dee se leva. Je vis les deux hommes se saluer,
puis le nouveau venu se mit à parler, s'interrompant
à plusieurs reprises pour se tamponner le visage ou
se moucher. À travers son discours haché je parvins
à comprendre que sa fille âgée de dix-huit ans, qui
avait été une des demoiselles d'honneur de la reine,
s'était donné la mort.

– Je suis en tort, dit-il d'un ton rude qui cachait mal
son émotion, car j'ai refusé de laisser Alice choisir
elle-même son bien-aimé et j'ai cherché à la marier
avec une personne de mes relations, un homme très
riche. Elle m'a dit qu'elle ne voulait de ce mariage à
aucun prix, j'ai insisté, et peu de temps après le
mariage, elle... elle...

La voix de l'homme s'étrangla alors, et je ne distinguai plus un seul mot.

Il y eut un bref silence.

– Les enfants sont un souci perpétuel et une source de chagrin pour les parents, reprit le Dr Dee avec componction.

– Elle est morte parce que je l'ai forcée à épouser quelqu'un qu'elle méprisait, répondit Sir Calum Vaizey.

– Mais en quoi avez-vous besoin de mon aide ? demanda le Dr Dee. S'agirait-il d'une potion pour guérir de la mélancolie ?

– Non, répliqua l'homme d'une voix altérée. J'aspire désespérément à revoir Alice, ne serait-ce qu'une fois, et à implorer son pardon.

Frappée d'horreur en entendant ces mots, je respirai un peu trop fort, ce qui me jeta bientôt dans l'inquiétude : et si quelqu'un m'avait entendue ? Il y eut alors une longue pause dans la conversation dont je profitai pour essayer de retrouver une respiration régulière et d'apaiser les battements de mon cœur.

– Accéder à votre désir serait enfreindre un interdit, finit par déclarer le Dr Dee.

– Je sais que par le passé, vous avez déjà fait apparaître des esprits et j'ai entendu dire que vous conversez avec les anges, aussi pourquoi ne pourriez-vous pas parler avec mon Alice ?

– Mais ceci…

– Je suis disposé à payer vingt pièces d'or si je peux parler à Alice ne serait-ce qu'une seule fois.

J'étais tellement interloquée que je me redressai sur mon tabouret, me demandant si j'avais bien entendu.

Le Dr Dee ne répondit pas.

– Alors trente ! Trente pièces d'or pour parler deux minutes avec ma fille !

Cette fois, j'en restai bouche bée. Trente pièces d'or ! C'est à peine si je parvenais à me représenter une telle somme ou même ce que l'on pouvait acheter avec.

Il y eut encore un long silence que le Dr Dee finit par briser en demandant – tout bas :

– Où est-elle inhumée ?

– Elle est morte à l'époque où la cour était à Richmond, répondit Sir Calum Vaizey. Elle est donc enterrée dans le cimetière de Richmond, tout près de la chapelle royale.

– Dans le cimetière ? s'enquit le Dr Dee, fort étonné.

– J'ai fait enregistrer sa mort comme accidentelle de façon qu'elle puisse reposer près des appartements de la reine.

– Je vais consulter mes horoscopes et voir si une telle chose est possible, fit le Dr Dee après une nouvelle pause. Mais je ne puis rien vous promettre.

Sur ce, il s'approcha d'une table, et bientôt me parvint le léger bruit d'une plume d'oie griffant un parchemin.

– Quelle est la date de son décès, monsieur ? questionna-t-il. Et sa date de naissance ?

– Le 21 avril.

Mon cœur bondit, car le 21 avril était précisément la date de mon anniversaire.

– Je me mettrai en rapport avec vous, fit le Dr Dee.

Sur ce, les deux gentlemen se saluèrent, et bientôt, je perçus un cliquetis d'éperons : l'homme devait sans doute retourner à l'autre bout de la pièce.

Il me semble que la reine n'avait pas prononcé un seul mot pendant tout ce temps. Mais après que l'homme se fut retiré, elle s'adressa aimablement au Dr Dee en ces termes :

– Nous permettrez-vous de poser les yeux sur le contenu de votre coffre ? Quelles merveilles recèle-t-il aujourd'hui ?

– Votre Majesté…, commença le Dr Dee qui traversa à nouveau mon champ de vision pour s'approcher, si je ne me trompe, de la table sur laquelle était posé le petit coffre.

Il revint alors près de la reine, et j'entendis un léger grincement (sans doute celui de la clef qui tournait dans la serrure), suivi d'une exclamation de la reine.

– Oh, s'écria-t-elle, quelles jolies choses ! Jolies mais aussi d'une puissance redoutable quand elles tombent entre de bonnes mains.

Je brûlais de curiosité. Que n'aurais-je donné pour voir ce qu'elle était en train de regarder ! Pourtant, je restai assise, parfaitement immobile, jusqu'à ce qu'elle remercie le Dr Dee après avoir laissé échapper de petits rires et de discrètes exclamations de plaisir, et que le coffre ait retrouvé sa place.

Peu de temps après, la reine et sa suite quittaient la maison du Dr Dee pour gagner la résidence toute proche de Walsingham. Je ne parvins pas à savoir combien de domestiques exactement l'accompagnaient ce jour-là, mais il y en avait bien une dizaine, et, à travers la fente du mur de la cheminée, je pus les voir partir dans un chatoiement confus de soies et de galons aux couleurs vives, d'aigrettes de plumes, de chapeaux somptueusement ornés et de collerettes blanches amidonnées.

J'entendis ensuite le Dr Dee leur faire ses adieux à la porte d'entrée – car la reine et sa suite ne rendirent pas visite à Mrs Dee dans sa chambre – puis, au bout d'un moment, la bibliothèque paraissant parfaitement tranquille, je jugeai qu'elle était vide.

Avec précaution, car j'étais frigorifiée et tout engourdie, je commençai à m'extraire de la cheminée. J'avais plus ou moins l'intention d'entretenir le feu ou de me livrer à quelque autre modeste tâche susceptible de justifier ma présence dans la bibliothèque. Toutefois, je n'allai pas très loin dans l'exécution de mon plan, car à l'instant précis où je regardais autour de moi avant de sortir de la cheminée, je me trouvai face à une large figure de chat. Un chat humain pourvu de grandes moustaches.

Il me semble alors avoir poussé un cri. Oui, j'ai certainement laissé échapper un cri étouffé de surprise et de peur.

– Et maintenant, madame ? dit le chat en s'emparant de ma main pour la serrer dans un étau soyeux étonnamment puissant et m'attirer vers lui. Je vous attendais.

Je gardai le silence, car j'étais folle de terreur.

– Et bien que je puisse me contenter d'être un chat, je suis assez tigre pour tuer une traîtresse.

J'aurais voulu protester à grands cris que je n'étais en aucun cas une traîtresse mais j'en étais incapable, car mon agresseur m'avait plaquée contre le mur et, tout en fixant sur moi des yeux pleins de malveillance, me serrait étroitement le cou avec ses deux mains.

Chapitre dix

J'étais littéralement morte de frayeur, car je n'ignorais pas que la personne de la reine était considérée comme sacrée, et que l'épier était un crime de haute trahison.

– Pourquoi t'es-tu cachée dans la cheminée ? Au service de qui travailles-tu ? Allons, réponds-moi, et je pourrai te tuer d'autant plus vite.

– Je… Je…, commençai-je.

Mais j'étais, en réalité, trop effrayée pour dire quoi que ce soit. En outre, les mains de l'homme-chat me serraient la gorge si fort que je pouvais à peine respirer.

– Parle ou bien le chat prendra ta langue. Oui, ta langue, ton cœur et tes entrailles, et on les suspendra à la cheminée pour que les corbeaux puissent les picorer.

Je frissonnai. Le jeune homme – car à en juger par sa voix, il n'était pas bien vieux – n'était pas très grand pour une personne de son sexe – à peine plus que moi – mais j'avais compris, à la seule force de sa poigne, qu'il était solide et musclé. Il portait un pourpoint de velours noir bordé de fourrure blanche, mais je pouvais difficilement distinguer ses cheveux et ses traits, car le masque de chat recouvrait la plus grande partie de sa figure pour se terminer par de superbes moustaches.

– J'ai déjà rencontré des filles de ton espèce, dit-il en augmentant sa pression sur ma gorge. Pomponnées comme d'inoffensives servantes mais dissimulant un poignard sous leur corsage.

Je secouai violemment la tête, lui indiquant de ma main libre qu'il m'empêchait de parler. Il desserra alors légèrement son étreinte.

– Eh bien, parle, et vite, et je te laisserai partir pour la Tour sans plus de cérémonie.

Après avoir massé ma gorge encore douloureuse à l'endroit où ses doigts s'étaient enfoncés dans la chair, je bredouillai :

– Je… je ne suis pas une traîtresse. Je voulais juste poser les yeux sur la reine. Je l'admire depuis longtemps.

À travers les fentes du masque, ses yeux me soupesaient et me jaugeaient. Ils n'étaient pas verts comme ceux des chats, mais d'un gris argenté, glacial.

– Je jure que je ne voulais aucun mal à la reine.

– Telles sont les paroles du dernier traître à avoir franchi le seuil de la résidence royale.

Ma gorge se serra douloureusement.

– Mais... mais comment puis-je vous prouver que... ?

– Assez ! m'interrompit-il. Parle à présent et dis-moi qui est ton maître ou bien on t'arrachera de force la vérité.

Je sentis les larmes – des larmes d'effroi – me monter aux yeux.

– Mais comment pourrais-je lui faire du mal – à elle ou à quiconque ? Je n'ai pas la moindre arme cachée dans mes vêtements.

Ses yeux me passèrent rapidement en revue comme pour tenter de repérer l'endroit où j'aurais pu dissimuler un poignard avant de s'arrêter sur mon cou.

– Qu'est-ce que ce colifichet que tu portes ? Serais-tu membre d'une société secrète ?

Je secouai la tête.

– C'est juste un groat. Une fausse pièce de monnaie. Bien sûr, car si elle avait été vraie, je l'aurais forcément dépensée, vu que je manque de tout.

– Et pourquoi tiens-tu à porter ce bijou de pacotille ?

Il y avait un tel mépris dans sa voix que je rougis jusqu'aux oreilles, car je voyais bien que le costume du chat était somptueux : il portait un large anneau d'or à l'oreille, son pourpoint était bordé d'une hermine blanche fort coûteuse et son masque orné de pierres précieuses.

– Je tiens à le porter parce que l'image de la reine y est inscrite, dis-je simplement.

– Vraiment ? Il a une teneur en argent si faible qu'il est devenu presque noir.

Je touchai la pièce de monnaie et laissai courir mes doigts sur le profil de la reine.

– Oui, mais je sais que le profil de la reine y est gravé, et cela me suffit.

Il plongea alors ses yeux au fond des miens comme pour scruter mon âme.

– Je ne suis pas une traîtresse ! répétai-je. Fouillez-moi si vous voulez !

Il me regarda à nouveau sur toutes les coutures – longuement –, et soudain sa bouche s'incurva en un franc sourire.

– Vous pouvez partir, madame, dit-il. Ce ne sera pas nécessaire. Pas cette fois-ci en tout cas, ajouta-t-il en haussant les sourcils.

Je rougis à nouveau, car j'avais compris ce qu'il voulait dire.

– Vous me croyez donc ? Vous me croyez quand je vous explique que je suis une simple servante et rien de plus ?

Acquiesçant d'un signe de tête, il ôta ses mains de ma gorge.

– Oui, répondit-il, je te crois. Car aucune fille n'accepterait de porter pareille babiole autour du cou à moins d'être profondément attachée à Sa Majesté. Un chat comme moi, ajouta-t-il en riant, connaît peut-être le cœur des reines, mais il connaît aussi celui des servantes.

– Et je suis une servante, fis-je en hochant la tête avec reconnaissance. Je suis la bonne d'enfants du Dr Dee. Mon plus cher souhait serait de servir Sa Majesté. Je serais incapable de la blesser en quoi que ce soit.

– Je crois que tu es sincère.

– Oh, oui !

– Alors nous devrions nous présenter. Je m'appelle Tomas.

– Et moi, Lucy, répliquai-je, presque ivre de soulagement, avant de pousser un petit cri étouffé.

– Ah, oui, bien sûr, ajoutai-je, j'y suis maintenant ! Vous êtes Tom-le-fou. Le vrai Tom-le-fou !

Il secoua la tête en signe de dénégation.

– Pas aujourd'hui. Aujourd'hui, je suis Tom-le-chat.

Sur ce, s'éloignant de moi d'un pas, il exécuta soudain une double cabriole comme un acrobate de foire, et, bien entendu, je me mis à rire et à applaudir, car il était aussi habile et précis dans ses mouvements qu'un chat.

– Bien joué, monsieur !

Il s'inclina.

– Débandade et bousculade, chagrin à revendre, à se pendre – que pouvons-nous faire sinon nous divertir ?

– Oui, quoi d'autre en effet ? fis-je comme en écho.

Étant bien incapable en vérité de faire le moindre saut périlleux, je me contentai d'une révérence profonde.

– Mais comment saviez-vous que j'étais cachée dans la cheminée ? demandai-je.

– J'accompagne partout ma reine, répondit-il. Là où elle va, je vais. En outre, parce que doté de la sensibilité d'un chat, j'ai le pouvoir de voir et d'entendre ce que les autres êtres humains ne peuvent ni voir ni entendre. Bref, ma jolie, je t'ai entendue, ajouta-t-il avec un sourire qui mit dans ses yeux gris de la chaleur et de la lumière. Si j'ai bien compris, tu aimerais donc servir Sa Majesté ?

Je hochai la tête avec ferveur.

– En ce cas, toi et moi, nous sommes susceptibles de nous revoir, et quand cette rencontre se produira, ce sera un heureux jour.

Un bref coup de trompette se fit alors entendre du dehors.

– La reine s'en va, déclara Tom-le-chat en portant ma main à ses lèvres pour la baiser.

Après quoi, il quitta la pièce, me laissant encore toute tremblante – à la fois de frayeur et d'excitation. Surtout d'excitation, je crois.

Je m'occupai à remettre chaises et tabourets à leurs places habituelles tout en méditant sur les conversations que j'avais entendues. Puis, comme le Dr Dee tardait à revenir dans la bibliothèque, je furetai dans la pièce. « Dire que la reine d'Angleterre en personne était assise ici il y a encore quelques instants ! me disais-je dans mon for intérieur en posant les yeux ici et là. Comme c'est étrange et merveilleux ! Si seulement j'avais pu la voir de plus près, dans toute sa gloire ! Cela m'aurait permis d'admirer ses bijoux tout à loisir, sa coiffure, ses mains – qui sont, paraît-il, très fines et élégantes. »

Je remarquai alors quelque chose qui accéléra les battements de mon cœur : le petit coffre n'était pas cadenassé ! Je n'avais, semblait-il, tiré aucune leçon de ma dernière expérience, pourtant cuisante, car, un instant plus tard, au mépris du danger, j'avais fait basculer le couvercle sur ses gonds et je regardais à l'intérieur.

Le coffret, doublé de velours bleu sombre, contenait deux objets : une petite boule de verre pas plus grosse qu'un œuf de cane mais parfaitement ronde et un miroir argent et noir. À première vue, on eût dit une glace à main, pareille à celles dont les grandes dames se servent pour appliquer leur rouge, mais lorsque je le pris, non sans nervosité, je m'aperçus qu'il ne comportait pas de surface polie réfléchissante et que les deux faces du prétendu miroir étaient également sombres.

« À quel sortilège cet objet peut-il bien servir ? » me demandai-je. Sans cesser un instant de guetter les moindres bruits du vestibule, je le reposai au fond du coffre pour prendre la boule de verre ou plutôt de cristal. Elle était très lourde, comme inerte, parfaitement limpide et d'une beauté étincelante : ce devait être le globe de cristal des voyants et des sorciers dont m'avait parlé Merryl. Quand je plongeai mon regard à l'intérieur, comme envoûtée, y pénétrant de plus en plus profondément comme dans un étang sans fond, je crus entrevoir des bleus de toutes les nuances – saphir et violet, aigue-marine et turquoise : on eût dit des pierres aux feux scintillants sur un flacon d'or.

Mais comment se faisait-il que je puisse voir une pareille chose ? Je regardai à la ronde. S'agissait-il du simple reflet d'un objet présent dans la pièce ?

Avant que j'eusse eu le temps de pousser ma réflexion plus avant, j'entendis des pas à l'extérieur et, me hâtant de remettre la boule de cristal au fond du coffret, je filai à l'autre extrémité de la pièce.

Mr Kelly entra, sa robe et sa cape tout de guingois, le visage rouge d'indignation.

– Je l'ai manquée, n'est-ce pas ? Je viens de voir sa suite descendre la grand-rue, dit-il en fronçant les sourcils d'un air désapprobateur, comme si j'étais responsable du fait qu'il n'avait pas été là au bon moment. N'aurait-il pas été possible d'envoyer quelqu'un me prévenir qu'elle venait ? N'auriez-vous pas pu venir avec un message ?

Je bredouillai un semblant de réponse qui n'était pas du tout adéquat, car ce n'était pas à moi, en vérité, de lui faire des excuses au nom du Dr Dee. Et quand celui-ci entra un moment plus tard, je m'activai à entretenir le feu à l'autre bout de la bibliothèque.

— A-t-elle parlé de l'élixir ? demanda Mr Kelly après une entrée en matière vibrante de colère.

Le Dr Dee murmura juste deux mots en réponse dans un étrange langage que je ne compris pas.

— Mais pourquoi n'avez-vous pas essayé de me joindre ? demanda de nouveau Mr Kelly.

— Je n'en ai pas eu le temps, monsieur, répliqua le Dr Dee.

— Mais enfin, je suis votre partenaire, que je sache ! Votre devin. Nous travaillons ensemble, Dee. Et c'est cela ou rien.

— Alors écoutez bien ce que je vais vous dire.

Sur ce, le Dr Dee prit deux chaises et les plaça côte à côte devant une des tables. Après quoi il parla sans doute à Kelly du ministre de la reine et de sa fille morte. Si je savais ou croyais savoir cela, c'est parce que, avant de quitter la bibliothèque, j'avais entendu les mots « trente pièces d'or », prononcés une première fois par le Dr Dee, puis une seconde fois, avec une crainte respectueuse, par Mr Kelly.

Je retournai à la cuisine pour y reprendre mes fonctions de bonne d'enfants sans cesser une seconde de penser aux deux mystérieux objets du coffret : étaient-ce de véritables articles de magie ? Et en ce cas, quels sortilèges étaient-ils capables d'accomplir ? Je les avais tenus tous les deux dans ma main droite, et à présent, je ressentais de douloureux picotements tout le long du bras, comme si j'avais passé toute la nuit couchée sur ce bras. Mais bientôt, tandis que je vaquais à mes tâches quotidiennes, vidant des seaux d'eau sale dans le fleuve et écoutant les lamentations de Mrs Midge, je commençai à douter de ce que j'avais vu. Avais-je vraiment vu – de mes yeux vu – des pierres bleues étinceler à l'intérieur de la boule de cristal ? Ou bien était-ce un effet de mon imagination enfiévrée ?

Les deux fillettes, qui n'avaient pas vu la reine en définitive, retournèrent se changer dans leur chambre. Je leur racontai que j'avais rencontré Tom-le-fou – le vrai – sans, bien entendu, leur préciser les détails de cette rencontre.

– Oh ! s'exclama Merryl en faisant la moue. J'aurais tellement voulu le voir ! Je l'aime beaucoup ! Il a promis de m'épouser quand je serai plus grande.

– Vraiment ? fis-je, toujours hantée par les deux objets magiques, si mystérieux. À mon avis, ton père doit avoir en tête un parti plus prestigieux que le bouffon de la reine.

– Mais ce serait si amusant d'être mariée avec lui et de l'aider à mettre tout le temps de nouvelles tenues !

– De toute façon, il est trop vieux pour toi, déclara sa sœur.

– Quel âge peut-il avoir ? m'enquis-je.

– Nous ne savons pas très bien, dit Beth.

– Est-il beau ? demandai-je d'un ton léger.

C'était là une question bien frivole, mais elle pouvait s'expliquer par une curiosité somme toute naturelle à l'endroit d'un jeune homme qui m'avait baisé la main en m'appelant « ma jolie ».

– En effet, repris-je, aujourd'hui, il était déguisé en chat, et je n'aurais pu dire s'il l'était ou non.

– Il est d'une beauté remarquable, dit Merryl. D'ailleurs, s'il ne l'était pas, je n'envisagerais pas de me marier avec lui.

– Non, Merryl, intervint Beth, nous n'en sommes pas sûres, car il porte presque toujours un masque.

– Oui, c'est vrai, et quand il n'en a pas, personne n'a le temps de bien le voir car il ne cesse de sauter et de bondir, de faire des roulades et d'exécuter des cabrioles !

Sur ce, Merryl tenta d'exécuter elle-même un saut périlleux mais ne réussit qu'à se prendre les pieds dans ses jupons.

– Dis-moi, Lucy, pourquoi veux-tu savoir s'il est beau ? demanda Beth en fronçant les sourcils.

– Oh, ça m'intéressait, dis-je, m'empressant de changer de sujet de conversation et en lui ordonnant de se tenir tranquille pour que je puisse épingler son corsage à ses jupes sans la piquer.

Je venais d'accomplir avec succès cette tâche quand l'autre Tom-le-fou (le singe) repéra le coussin à épingles, le ramassa et se mit à nous bombarder de minuscules fléchettes, nous obligeant à quitter la chambre en catastrophe et à nous réfugier au rez-de-chaussée.

Cette nuit-là, ne parvenant pas à trouver le sommeil pour une raison ou pour une autre, j'entendis des bruits étranges dans l'église Sainte-Marie. Désireuse d'en avoir le cœur net, je jetai un coup d'œil par la fenêtre et, à la clarté de la lune, j'aperçus deux silhouettes indistinctes debout sur une grande pierre tombale, que je pris d'abord pour des spectres nouvellement ressuscités. J'étais sur le point de hurler quand l'une d'elles se tourna vers la maison. À son profil et à sa longue barbe, je reconnus le Dr Dee qui était accompagné de Mr Kelly. Je restai là, comme hypnotisée, à observer les deux hommes debout sur la tombe, les mains levées vers le ciel tandis qu'ils psalmodiaient à voix basse un chant funèbre. Je crois même avoir vu l'un des deux complices brandir en l'air le miroir sombre et, une fois, Mr Kelly en personne s'allonger à plat ventre sur la pierre. J'en conclus qu'ils se trouvaient au cimetière dans le dessein de s'entraîner au métier. Je dis bien s'entraîner, car la personne qu'ils cherchaient à ressusciter d'entre les morts cette nuit-là ne pouvait être Alice Vaizey, son père ayant précisé qu'elle était enterrée à Richmond.

De telles pratiques, qui, en vérité, me semblaient être l'œuvre du diable en personne, me remplissaient d'une grande terreur, mais je ne pouvais m'empêcher d'éprouver une horrible fascination pour les détails de ce genre de rituel, et je voulais à tout prix savoir s'il allait être efficace. Cette fois, tandis que je les regardais à travers les interstices de mon volet, les deux hommes n'obtinrent aucun résultat. Mais à mon avis, le Dr Dee et son compagnon n'en continueraient pas moins à s'entraîner en vue de la résurrection d'Alice Vaizey, car trente pièces d'or étaient une somme considérable, une vraie fortune qu'une personne ordinaire n'avait aucune chance de réunir un jour, même au terme de toute une vie. Si le Dr Dee était vraiment sans le sou, comme Mrs Midge l'avait laissé entendre, il se donnerait beaucoup de mal pour ressusciter la jeune Alice Vaizey d'entre les morts.

Ce dimanche-là, Mrs Midge et moi, nous assistâmes au service religieux. Non que nous fussions portées, l'une comme l'autre, par un soudain élan religieux, mais un édit récent avait proclamé que tout le monde au pays devait suivre l'office au moins chaque dimanche sous peine d'avoir à payer une amende de six pence. L'église était donc bondée. Cependant, la plupart des gens n'appréciant pas du tout d'être ainsi régentés, on remarquait beaucoup de visages durs et fermés et l'on voyait beaucoup de personnes marmonner derrière leurs mains. Pour ma part, j'étais dans un état d'esprit différent, car fréquenter l'église me donnait l'occasion de porter ma plus jolie tenue, de croiser d'autres servantes, de voir comment elles étaient habillées et comment elles se coiffaient. Cela me permettait aussi de vérifier si mon patron qui, après tout, était censé être de connivence avec le diable était à son aise ou non dans la maison de Dieu.

Mrs Midge et moi, nous entrâmes l'une derrière l'autre dans l'église pour prendre place au fond, parmi les domestiques des autres grandes demeures de Mortlake, et je me déplaçai légèrement sur le côté de façon à pouvoir mieux observer le Dr Dee qui, conformément à son statut social, était assis sur un des bancs de devant. À ma légère déception, il ne semblait pas troublé le moins du monde ; au contraire, il chantait d'une voix retentissante, une main sur l'épaule de Beth, l'autre sur celle de Merryl.

Au terme de la cérémonie, très longue et très ennuyeuse, les servantes sortirent précipitamment de l'église – d'autant plus vite qu'il leur fallait rentrer à la maison pour préparer le repas de leurs maîtres –, tandis que les nantis s'attardaient sur le porche pour recevoir les salutations du pasteur. Je profitai de l'occasion pour m'approcher de la partie du cimetière sur laquelle donnait la fenêtre de ma chambre, et j'y repérai sans tarder le tombeau recouvert d'une dalle où s'étaient tenus le Dr Dee et Mr Kelly, trois nuits plus tôt. C'était une très grande tombe familiale. Bien qu'incapable de déchiffrer les noms inscrits dessus, j'en comptai huit. L'un d'eux semblait avoir été gravé tout récemment, car les lettres étaient d'un tracé beaucoup plus net et fin que les autres. J'ai dit que je ne savais pas lire, mais ce n'est pas tout à fait vrai, car, bien que l'inscription fût plus ancienne que les autres et assombrie par le lichen, je reconnus avec une étrange excitation le nom LUCY.

Craignant d'attirer l'attention sur moi, je me mis à récolter des simples sans cesser de regarder autour de moi. Si quelqu'un s'avisait de me poser des questions, eh bien je pourrais toujours dire que je cueillais du romarin pour me laver les cheveux. Lorsque j'examinai la tombe (en me demandant si le dernier nom, gravé de frais, n'était pas par hasard celui de la morte qu'ils cherchaient à ressusciter), je remarquai à son sommet un grand signe dessiné à la craie. Il avait plu la nuit précédente, aussi était-il à demi effacé. Mais il semblait que ce fût un grand cercle à l'intérieur duquel était tracée une étoile à cinq branches. À l'extrémité de chaque branche il y avait quelque chose d'écrit, un signe, une marque, mais des plus confuses. Je parvins néanmoins à distinguer un croissant de lune et quatre brèves lignes onduleuses.

Je regardai fixement ces signes ou symboles, fascinée, puis soudain, voyant le Dr Dee descendre du porche, je me détournai en hâte pour sortir du cimetière par le petit portail. Une fois de retour dans la maison obscure, je dus effacer de mon esprit toutes ces histoires de magie et d'enchantement, car Mrs Midge avait l'intention d'entreprendre la grande lessive le lendemain matin. Il y avait donc en perspective quantité de savons et de détergent à préparer et aussi force cris à supporter.

Chapitre onze

Le lundi soir, il me semble que le Dr Dee et Mr Kelly tentèrent à nouveau de faire apparaître des esprits, car j'entendis d'étranges bruits en provenance du cimetière. Mais j'étais si fatiguée que je ne pus m'extraire de mon lit. Il faut dire que ce matin-là, je m'étais levée à trois heures pour mettre à bouillir l'eau de la lessive et que j'avais passé tout le jour à aider Mrs Midge à frotter, laisser tremper, laver et parfumer le linge de maison.

Le lendemain matin, j'étais encore plongée dans un sommeil si profond que Beth et Merryl durent me secouer pour me tirer du lit. C'est qu'un cauchemar au sujet de ma mère m'avait réveillée au milieu de la nuit, me laissant si perturbée que je n'avais pas réussi à me rendormir avant l'aube. Dans ce rêve, j'étais retournée à Hazelgrove mais je n'avais pu retrouver ma vieille maison, car il n'y avait plus, sur son emplacement, que gravats, pierres et morceaux de bois.

J'avais cherché partout, en proie à la terreur et au désespoir d'un enfant perdu, mais en vain : la maison et M'man s'étaient avérées introuvables. J'avais fini par rencontrer Harriet Simon qui m'avait appris que mes parents avaient été expulsés de leur chaumière et envoyés dans une maison de correction* où M'man était morte. Je l'avais suppliée de me dire que ce n'était pas la vérité, mais pour toute réponse, elle s'était contentée de rire. Sur ce, j'avais dû pousser un cri dans mon sommeil, et ce cri m'avait réveillée.

Le cauchemar me hanta toute la journée, m'empêchant de vaquer correctement à mes tâches quotidiennes. Je ne pouvais penser qu'à ma mère et à notre maison. Mes craintes à son sujet étaient encore aggravées par le fait que depuis ma plus tendre enfance, je rêvais, à l'occasion, d'événements qui allaient se produire : par exemple, je voyais en songe une personne se présenter chez nous, et cette personne arrivait le lendemain ; ou bien c'était un changement de temps brutal, et une tempête épouvantable éclatait peu après ; une nuit, je rêvai même qu'un proche voisin périssait dans un accident, et il mourut effectivement ainsi. À compter de ce jour-là, je cessai de raconter aux gens mes cauchemars et n'essayai jamais de me les remémorer, une fois réveillée, car j'avais trop peur de rêver d'une catastrophe suspendue au-dessus de la tête de ma mère ou de mes frères et sœurs. Ce jour-là, néanmoins, j'étais, semble-t-il, dans l'incapacité de chasser le cauchemar de mon esprit.

L'après-midi, tandis que Mrs Midge et moi, nous étions assises à repriser les bas de soie de Madame, je me mis à le lui raconter, dans l'espoir qu'elle me réconforterait en disant que c'était une simple terreur nocturne et que tout allait certainement bien à la maison. Cependant, j'avais à peine commencé mon récit qu'elle m'arrêta, déclarant qu'elle en avait suffisamment entendu (il faut dire que le raccommodage des bas l'avait mise dans une humeur noire), et qu'elle avait déjà assez de soucis comme ça dans le monde réel sans être tourmentée en plus par mes jérémiades. Je n'insistai pas, sachant bien qu'elle n'avait pas le loisir de s'attarder sur des phénomènes étranges ou inexplicables. Elle ne pouvait, semblait-il, travailler dans la maison du magicien qu'à condition de fixer son esprit sur les seuls événements quotidiens. Nourriture et boisson, cancans et commérages, voilà ce qui la préoccupait ; le reste importait peu.

Ce jour-là, mes pensées étaient si désordonnées et mes gestes si maladroits que je fis bêtise sur bêtise : je cassai une assiette de porcelaine en présence du Dr Dee, gâchai un potage en le salant trop, et enfin laissai brûler une fournée de biscuits que Madame m'avait demandé de faire. Par conséquent, lorsque le Dr Dee m'envoya chercher ce soir-là, je me dis qu'il allait peut-être me réprimander pour ma négligence ou même m'informer que la maison n'avait plus besoin de mes services. Aussi, sur le chemin de la bibliothèque où je devais le rencontrer, préparai-je ma défense.

Après avoir frappé un coup à la porte comme à l'accoutumée, j'entrai pour m'abîmer dans une révérence profonde. En me relevant, je vis que le Dr Dee n'était pas seul ; Mr Kelly était avec lui. Ils étaient assis de part et d'autre de la petite table sur laquelle était posé le crâne.

– Lucy, n'est-ce pas ? demanda le Dr Dee.

Je m'étais déjà trouvée en sa présence à quatre ou cinq reprises, et il n'en continuait pas moins à me regarder avec une légère surprise, comme s'il me voyait pour la première fois. Persuadée qu'il allait m'annoncer que j'étais renvoyée et incapable de répondre : « Oui, c'est bien mon nom », tant j'avais la bouche desséchée, je me bornai à hocher la tête.

Toutefois, au lieu de dresser la liste de mes manquements en tant que servante, il se mit à me parler en ces termes :

– Mes filles se déclarent très satisfaites de leur nounou.

J'avais beau attendre qu'il ajoute : « Mais… », je parvins tout de même à bredouiller un « Merci, monsieur ».

Les deux gentlemen échangèrent un regard, puis Mr Kelly, après m'avoir examinée de la tête aux pieds, murmura :

– J'ai déjà vu un portrait miniature de la fille en question, et il me semble en effet que cette jeune personne lui ressemble beaucoup. Avec un peu de soin…

– Elle pourrait peut-être porter une robe presque pareille ?

– Et, de nuit, à la lueur d'une chandelle, certainement...

Je regardai les deux hommes tour à tour, sans avoir la moindre idée de ce dont ils parlaient. Pour tout avouer, j'étais si soulagée à l'idée de ne pas perdre ma place dans la maison du magicien – ce qui semblait bien être le cas – que je ne me souciais guère du reste. Ils me prièrent de faire une ou deux fois le tour de la pièce afin de pouvoir juger de ma démarche avant de hocher la tête d'un air pensif en chuchotant.

– Allez-y, Dee, finit par lâcher Mr Kelly.

– Oui, acquiesça le Dr Dee. Bien entendu. Lucy, je... Par conséquent... C'est-à-dire que nous...

Il hésita puis, posant ses doigts sur le crâne, se mit à en caresser le sommet rond et lisse d'un mouvement régulier comme on pourrait caresser un chat familier.

– Allons, Dee, venez-en au fait, reprit à nouveau Mr Kelly.

– Oui. En effet.

Il toussa.

– En réalité, Lucy, reprit-il, il est une affaire dans laquelle, à notre avis, tu pourrais nous être d'une aide certaine.

Je lui jetai un regard intrigué.

– Cela te semblera peut-être très insolite, et il se peut que tu n'aies encore jamais entendu parler d'une pareille proposition, mais...

– Mon enfant, intervint Mr Kelly avec impatience, as-tu déjà assisté à une mascarade ou à un mime ?

J'acquiesçai d'un signe de tête.

– Oui. On donne ces spectacles dans mon village natal les jours de foire.

– Exactement, dit Mr Kelly. Tu sais donc qu'une mascarade est un divertissement où un personnage – ou bien un groupe de personnages – joue une charade ou une pantomime.

Je hochai à nouveau la tête, me demandant pourquoi diable on me posait toutes ces questions.

– Dans mon village, les mascarades étaient jouées par des comédiens ambulants – à l'arrière de leur chariot qui tenait lieu de scène.

– Et est-ce que tu appréciais ces saynètes ? s'enquit le Dr Dee.

– Oh, oui, monsieur ! répondis-je de bon cœur. C'étaient d'excellents divertissements.

Il y eut un moment de silence, puis Mr Kelly continua :

– Aimerais-tu participer à une telle représentation ?

– Vous voulez dire jouer à l'arrière d'un chariot ? demandai-je, perplexe.

– Non. Pas sur un chariot, dans un champ. Enfin, un endroit qui ressemble fort à un champ.

– Dans un cimetière, intervint brusquement Mr Kelly. Soyons clairs et précis à ce sujet, Dee. Vous ne voudriez pas, n'est-ce pas, qu'elle soit prise de frayeur au dernier moment ?

Je les regardais tour à tour quand soudain, je compris ce qu'ils allaient me demander. Ils étaient incapables de ressusciter la fille de Lord Vaizey d'entre les morts, aussi voulaient-ils que je me fasse passer pour Alice.

– Je ne saisis pas, dis-je pour gagner du temps. Je n'ai aucune expérience de comédienne, et je ne pourrais pas apprendre les paroles de la pièce, car je ne sais pas lire.

Le Dr Dee murmura quelque chose à l'oreille de Mr Kelly, qui fronça les sourcils.

– Expliquez-lui tout de suite ce qu'elle aura à faire, dit ce dernier, car il faut qu'elle le fasse de son plein gré sinon il vaut mieux y renoncer. Le projet ne marchera pas si elle ne s'y engage pas.

Il y eut un autre silence, durant lequel je ne pus m'empêcher de regarder le redoutable crâne toujours sous la main du Dr Dee, comme s'il attirait invinciblement mes yeux.

– Tout ce que tu auras à faire, Lucy, finit par dire le gentleman, c'est d'apparaître, habillée comme une jeune femme de l'aristocratie, et de prononcer quelques mots.

– Des mots que nous t'apprendrons, et que tu pourras retenir facilement en les répétant comme un perroquet, intervint Mr Kelly.

– Et qui sera le public de ma petite pantomime ? demandai-je non sans effronterie.

– Un seul homme, outre Mr Kelly et moi.

« Le père de la jeune fille morte, me dis-je. L'homme que j'ai entendu parler quand j'étais cachée dans la cheminée. »

– Il me semble que c'est là une assistance bien clairsemée pour un spectacle, osai-je rétorquer.

Mr Kelly feignit de rire.

– Oh, oui, en effet, mais il s'agit d'un caprice personnel, d'un divertissement commandé par un riche oisif.

Je commençai à secouer la tête d'un air dubitatif.

– J'implore sincèrement votre pardon, mais on m'a toujours dit qu'il n'était pas convenable pour une femme de paraître en scène et de jouer la comédie.

– Ce n'est pas une scène à proprement parler, répliqua Mr Kelly.

– Par ailleurs, précisa le Dr Dee, les femmes se produisent dans des mascarades privées, et les autorités religieuses n'y voient aucune objection. Voyons, la reine elle-même participe à des mascarades !

Je frissonnai des pieds à la tête.

– Non, je ne pourrai pas faire une chose pareille, m'écriai-je. Vous voudrez bien m'excuser, mais je ne pourrai vraiment pas.

Mr Kelly tapota sa poche.

– Il y a là une pièce d'or pour toi, fit-il. Pense un peu à ta bourse.

– Plus d'argent que tu n'en as vu de toute ta vie, je le garantis, ajouta le Dr Dee comme en écho.

Cela représentait une petite fortune, en vérité, mais la seule pensée de prendre part à une telle comédie m'effrayait tant que je continuai à secouer la tête tout en réfléchissant au meilleur moyen de refuser leur proposition sans encourir leur colère.

– J'ai une raison sérieuse pour ne pas accepter de le faire.

– Et que peut bien être cette raison ? demanda Mr Kelly.

– Mon père est puritain, répondis-je (je mentais, bien entendu, car la taverne est la seule église que fréquentât mon père), et il a toujours été très strict à propos de ce genre de choses. Je ne pourrais pas aller à l'encontre de ce qu'il m'a enseigné.

– Mais tu n'habites plus dans la maison de ton père, protesta Mr Kelly.

– Allons, dit le Dr Dee, nous pouvons aller jusqu'à deux pièces d'or. En voici deux pour toi, ma fille.

C'était peine perdue. Même pour deux pièces d'or, je ne pouvais pas – ne voulais pas – être impliquée dans une aussi ténébreuse affaire, à la fois parce que je redoutais ces pratiques démoniaques, et parce que, dans ma grande compassion pour le père affligé, Lord Vaizey, je me refusais à prendre la moindre part à cette entreprise de duperie.

Après avoir à nouveau imploré leur pardon de tout cœur, j'ajoutai que j'avais plaisir à travailler dans la maison et espérais que mon refus ne me porterait pas préjudice. Puis je retournai dans ma chambre pour réfléchir à ce qui m'avait été demandé et m'interroger sur les compétences du Dr Dee et de Mr Kelly en tant que nécromanciens. J'avais en effet tout lieu de douter de leur pouvoir d'évoquer les morts. Autrement, auraient-ils couru le risque de me prier de remplacer Alice Vaizey ?

Le lendemain, je me rendis au marché avec Beth et Merryl. Le Dr Dee avait dû obtenir d'un de ses clients une petite provision – peut-être une avance sur les trente pièces d'or qu'il escomptait recevoir –, car il y avait dans ma poche plusieurs shillings d'argent et toute une liste de choses à acheter. Pendant le trajet, Beth et Merryl testèrent mes progrès en lecture en me faisant déchiffrer à voix haute les noms de tous les produits d'alimentation qu'elles avaient notés sous la dictée de Mrs Midge : un chapelet d'oignons, douze saucisses, six harengs rouges, de la fine fleur de froment, un pain de sucre, une poignée de clous de girofle, un peu de macis et de safran. J'avais appris très rapidement à lire, et je n'achoppai sur aucun mot ou presque – à part « oignons » que je trouvai diablement difficile à prononcer.

– Et quand nous rentrerons à la maison, il faudra que tu essayes d'écrire toi-même tous ces mots, déclara Beth.

– Et si tu ne le fais pas correctement, ajouta Merryl, on te tapera sur les doigts.

Une fois sur la place du marché, comme je regardais à la ronde, j'aperçus Isabelle, ma nouvelle amie. Elle était occupée à vendre des carrés de pain d'épice glacés au sucre, qu'elle avait disposés sur un plateau. Elle eut l'air contente de me voir, mais elle devint rouge d'embarras quand elle entendit Merryl raconter à Beth que c'était la fille qui avait volé mon panier de vêtements. Je la fis prestement taire en lui expliquant que la véritable voleuse n'était pas Isabelle, et que, de toute façon, il s'était agi là d'une simple méprise. Isabelle, notai-je, portait la même jupe et le même corsage que la semaine précédente, quand elle s'était changée dans le grenier à foin de sa maison. Il y avait maintenant une grande déchirure par-devant, près d'une couture, là où l'étoffe usée avait lâché. Songeant que c'était probablement sa seule tenue, j'éprouvai une sorte de pitié pour elle.

– La reine est-elle passée vous rendre visite? demanda-t-elle avec une ardente curiosité.

– Oui, elle est passée! répliquai-je.

J'avais bien envie de lui raconter comment je m'étais cachée dans la cheminée, etc., mais avec Merryl et Beth à portée de voix, c'était évidemment impossible.

– Nous ne l'avons pas vue, précisa Merryl, car elle venait à la maison pour s'entretenir avec Papa.

– Je l'ai tout de même aperçue, lâchai-je.

Les yeux d'Isabelle s'illuminèrent.

– Et que portait-elle? Comment est-elle? Et ses bijoux? En a-t-elle beaucoup?

– Oh, c'était juste un petit coup d'œil de rien du tout, avouai-je, et je n'ai entrevu que des morceaux de sa robe, mais elle était ornée d'une multitude de pierres précieuses et elle semblait très belle.

– Un jour qu'elle voyageait en litière*, je l'ai vue passer. Elle avait autour du cou un rang de saphirs, et chacun d'eux était de la grosseur d'une prune !

Nous continuâmes encore un moment à parler de la reine et de celui qu'elle aimait, car toutes les conversations, en tous lieux, tournaient encore et toujours autour du même sujet : Sa Majesté se marierait-elle ou non, et, si oui, qui serait l'élu ? Mais bientôt, une femme s'arrêta pour acheter du pain d'épice à Isabelle, et je quittai alors mon amie pour aller faire mes emplettes en compagnie des deux fillettes, après lui avoir assuré que nous nous reverrions plus tard.

Nos achats prirent un certain temps, car il y avait là un très grand choix de marchandises (rien de commun avec le marché de Hazelgrove), et nous étions tenues d'examiner chaque article, de le comparer avec un autre article équivalent, voire plusieurs autres, et de le négocier au meilleur prix avant de l'acheter. Bien que négligente dans bien des domaines, Mrs Midge se montrait on ne peut plus pointilleuse quand il s'agissait d'obtenir quelque denrée en échange d'argent sonnant et trébuchant, et je savais qu'à notre retour, elle ne manquerait pas d'inspecter avec le plus grand soin nos emplettes.

Ce jour-là, je revis Isabelle encore une fois, une seule fois, et très brièvement, et je lui demandai de venir me rendre visite un après-midi, car – bien que je ne lui en aie pas parlé – j'avais dans l'idée de lui donner une de mes vieilles robes.

– Tu veux que je vienne dans la maison du magicien ? demanda-t-elle, les yeux écarquillés.

– C'est un endroit tout à fait sûr et qui n'a rien d'effrayant, je t'assure, dis-je. Regarde-nous bien, Beth, Merryl et moi : avons-nous quelque chose d'inquiétant ? Non, n'est-ce pas ?

Elle hésita.

– On ne dirait pas…

– Alors viens quand tu auras un moment.

Elle me le promit, et je rentrai, toute contente de m'être fait une amie d'Isabelle, car je brûlais de raconter à quelqu'un tout ce qui se passait à la maison et de parler de l'étrange requête du Dr Dee et de Mr Kelly. Il n'était évidemment pas question d'aborder ce sujet avec Mrs Midge, car cela m'aurait obligée à lui dire que j'avais découvert la cachette du prêtre. En outre, je savais qu'elle refuserait certainement de se mêler à toute conversation tournant autour de la résurrection d'Alice Vaizey.

Il s'écoula deux jours avant qu'Isabelle ne me rendît visite. C'était l'après-midi, et les fillettes venaient de monter faire une petite sieste quand j'entendis un bruit de sabots sur le sentier du fleuve, puis un toc-toc hésitant à la vitre. Je sortis de la maison pour trouver devant moi une Isabelle qui tenait les rênes d'un grand cheval noir, magnifique, avec sa selle de cuir, sa bride rouge et sa queue tressée.

– Est-il à toi ? demandai-je, tout étonnée, alors que je savais pertinemment qu'il ne pouvait en être ainsi.

Elle secoua la tête.

– Mes frères sont apprentis dans une écurie de louage, et ils doivent monter les chevaux tous les jours. Quand il y en a trop, ils m'en envoient un pour que je lui fasse faire un peu d'exercice.

Je caressai les flancs lustrés du cheval, puis tendis le bras pour attraper dans un arbre tout proche une pomme sauvage que je lui donnai. Il la garda entre ses dents pendant quelques instants avant de la lâcher.

– Il méprise ce genre de choses ! expliqua Isabelle en riant. Il appartient à un gent'man et il a été élevé au miel et au son chaud. Sais-tu monter à cheval ? demanda-t-elle.

Je secouai la tête.

– Je me suis déjà assise dessus, mais seulement pour m'amuser. Je ne me suis jamais servie de selle ni d'étriers.

– Rien de plus facile, dit Isabelle. C'est le cheval qui fait tout le travail. T'aimerais pas faire un tour au trot, assise derrière moi ?

J'acquiesçai d'un signe de tête, avide de la moindre distraction susceptible de m'arracher à la routine des après-midi.

Elle me lança un regard timide.

– Peut-être que tu pourrais demander à ton intendante de t'excuser pour une petite heure... Si elle accepte, tu ne voudrais pas qu'on aille se promener à cheval au petit galop dans le parc de Richmond ?

Je hochai la tête. Il me vint alors à l'esprit que nous pourrions aussi bien aller voir l'endroit qui n'avait pas cessé de me hanter depuis mon cauchemar. Mon cœur bondissait déjà à cette seule idée.

– Quelle distance un cheval peut-il parcourir en un après-midi ? m'enquis-je.

Elle haussa les épaules.

– Un cheval en bonne santé peut courir jusqu'à ce qu'il tombe. Celui-ci serait capable de faire l'aller-retour pour Londres, sûr et certain.

– Oh, je n'ai pas besoin de voyager aussi loin.

– Alors où veux-tu aller ?

– Voir M'man dans mon village natal, dis-je avec ardeur. Crois-tu que nous pourrions nous rendre là-bas ?

– Sans doute, répondit-elle avec un petit hoche-ment de tête... à condition que tu connaisses le che-min.

Non sans excitation, je désignai du doigt l'aval du fleuve.

– Tu vois, là-bas, c'est Hazelgrove. Il faut suivre la Tamise et dépasser Richmond.

Isabelle sourit.

– Alors cours demander la permission de t'absenter pendant une couple d'heures, va chercher ta mante, et en route pour l'aventure !

Chapitre douze

Il me fallut quelque temps avant de m'habituer aux différentes allures du cheval, car assise derrière Isabelle, sans étriers aux pieds ni rênes entre les mains, je me sentais en équilibre pour le moins instable. Mon amie ne montait pas en amazone, avec les deux jambes du même côté ; elle montait comme un homme, avec une jambe de chaque côté du cheval, mais sur une selle de femme. Je voyageais, moi aussi, à califourchon en prenant soin d'enlacer étroitement la taille d'Isabelle. Une fois que j'eus appris à imiter ses mouvements, c'est-à-dire à bondir en cadence au moment précis où elle s'enlevait sur la selle, je devins plus confiante au point de pouvoir me détendre, et bientôt, nous nous lançâmes dans une grande conversation.

Isabelle commença par me parler de sa vie – une triste vie, surtout depuis le décès de son père victime de la peste six ans plus tôt. Dans un premier temps, la paroisse avait subvenu par charité aux besoins de sa famille, après quoi leur extrême pauvreté avait contraint sa mère à travailler chez un fabricant de cordes du coin. L'aînée, Isabelle, alors âgée de dix ans, s'était mise à travailler, elle aussi, pour aider la famille à assurer sa subsistance.

– Un hiver, on était si pauvres, précisa-t-elle, qu'on en a été réduits à manger des navets. Et comme on n'avait pas de quoi faire du feu, on les mangeait crus.

Je frémis. À la maison, nous n'avions jamais été pauvres à ce point.

– Deux de mes cinq frères et sœurs n'étaient encore que des bébés quand P'pa est mort, aussi M'man et moi, on devait les attacher dans leurs berceaux quand on allait au travail. Il leur est arrivé toutes sortes de catastrophes.

– Et quel genre de travaux faisais-tu ?

– Tout ce qui se présentait, répondit-elle, toutes les petites choses qu'il pouvait y avoir à faire dans les maisons de la gentry. Raccommoder la dentelle et les collerettes, aider à la lessive, nettoyer à fond les cuisinières encrassées ou fabriquer des savons. Il m'arrivait aussi de travailler chez un forgeron, à tenir les chevaux pendant qu'il les ferrait, ou encore dans une taverne, à récurer marmites et casseroles. Mais à présent, je travaille surtout au marché : je vends toutes sortes de choses – n'importe quoi : tout ce que j'ai pu acheter à très bas prix le matin même.

Elle se retourna à demi pour me regarder avec un petit sourire.

– Et quelquefois, je mets un capuchon noir, j'arbore mon expression la plus sombre et je me fais engager pour les cortèges funèbres.

Étonnée, je ris.

– Y a pas beaucoup de gens qui veulent faire ça, dit-elle, ça en vaut pourtant la peine, car en plus d'une pièce d'argent, les membres du cortège funèbre reçoivent toujours une paire de gants en cuir, des souliers noirs et quelquefois, une houppelande en sus. Et tout ce qu'on a à faire, c'est de marcher à côté du cadavre avec une figure lugubre et de verser quelques larmes. Un jour, on m'a donné une voilette noire en dentelle très coûteuse, et j'ai pu la revendre après pour six pence.

Nous approchions de Richmond. Constatant que le sentier sous nos pas était sûr, Isabelle lança le cheval au petit galop, ce qui m'effraya légèrement en dépit de ma confiance toute neuve. C'était en effet un très grand cheval, et j'avais l'impression de me trouver à une distance considérable du sol.

– On arrive à se débrouiller maintenant, poursuivit-elle, car tout le monde travaille à la maison, à part la petite Margaret, et l'an prochain, elle sera assez grande pour m'accompagner dans les cortèges funèbres. Elle a un joli minois et un air triste, et je lui ai appris à pleurer sur commande.

– Tu as abandonné un de tes petits métiers, lui dis-je. N'as-tu pas vendu tout un temps des faisceaux de lavande que tu confectionnais toi-même ?

– Ça m'arrive encore, fit-elle. À propos…, ajouta-t-elle après un instant d'hésitation, il faut que je te dise quelque chose sur… sur la manière dont on s'est rencontrées.

– Non, non, je t'en prie, rétorquai-je, craignant qu'elle ne recommence à se confondre en excuses.

– Non, il faut absolument que je t'en parle ! C'est un de mes frères, vois-tu, qui a trouvé ton panier sur la berge de la Tamise et qui l'a rapporté à la maison pour nous le montrer. M'man a tout de suite dit qu'on devait aller le remettre à l'officier de police, et nous étions sur le point de nous y résoudre quand j'ai aperçu au fond du panier ta jupe et ton corsage. J'avais beau savoir que je n'aurais pas dû, et que c'était très mal de ma part d'agir ainsi, je n'ai pas pu résister à l'envie de les essayer.

Elle se mit à bredouiller, et je lui pressai le bras pour lui montrer que je la comprenais.

– Mais quand je les ai eu mis, ils m'allaient si parfaitement (y avait même pas besoin d'un petit pli par-ci ou d'une épingle par-là) que M'man elle-même a déclaré qu'ils avaient sans doute été faits pour moi et que mes petits frères se sont tous récriés d'admiration. Alors, comme ma seule et unique tenue était presque en lambeaux, j'ai décidé de…

– Peu importe, l'interrompis-je avec un sourire en songeant à mon petit projet. Ma nouvelle patronne a veillé à ce que je sois convenablement équipée, et j'ai à présent quatre tenues à moi !

– Elle est donc bonne pour toi ?

– Oui, bien qu'elle soit toujours obligée de garder le lit, et que je l'aperçoive rarement.

– Et ton célèbre maître ? Le Dr Dee ?

– Il est assez spécial, répondis-je, impatiente de raconter à quelqu'un ma vie avec le Dr Dee et sa famille. Quant à sa demeure, c'est une bien étrange maison. Elle est remplie de livres et de beaux tableaux – et imagine-toi que l'animal familier des enfants est un singe ! –, mais jusqu'à ces derniers jours, il n'y a jamais eu un sou pour acheter de quoi manger, par exemple.

– Comment ça ?

– Eh bien, parce que, en plus de tous les livres qu'il achète, le Dr Dee collectionne des objets bizarres de tous les pays du monde, des spécimens qu'il range dans la pièce où il travaille – ça s'appelle une bibliothèque. Tu as déjà entendu parler d'alligators ?

– Jamais. C'est quoi, un alligator ?

– Une créature qui ressemble beaucoup à un dragon.

– Il en a un chez lui ? demanda-t-elle, alarmée.

– Deux, répondis-je. Mais ils sont morts et empaillés. Et il a des choses encore plus étranges : des œufs géants, de magnifiques nids d'oiseaux, des coquillages nacrés de la taille d'un chapeau et de minuscules créatures pareilles à des chevaux miniatures qui nagent dans un réservoir d'eau.

Elle se retourna à demi pour me jeter un regard interrogateur.

– Est-ce qu'il se sert de ces choses pour faire de la magie ?

– C'est ce qu'on dit, répliquai-je, mais je ne l'ai jamais vu accomplir le moindre prodige.

Sur ce, je lui racontai que, d'après Beth, c'était seulement Mr Kelly qui apercevait parfois des anges, ajoutant que, la première nuit de mon séjour dans la maison, le Dr Dee m'avait prise pour un spectre.

Isabelle rit.

– On dit aussi que les magiciens cherchent à découvrir le secret d'un certain élixir appelé *aqua vitae*.

– Que signifient ces mots ? demandai-je, fort intéressée, car c'était justement là l'expression, très étrange en vérité, que j'avais entendue de la bouche même du Dr Dee et de Mr Kelly.

– Je crois que c'est du latin, répondit Isabelle, et qu'il s'agit d'un liquide magique capable de rajeunir les vieux. Il paraît que si jamais on le découvre, il donnera une éternelle jeunesse à qui en boira.

– C'est bien, me semble-t-il, de cet élixir que la reine s'est enquise, dis-je d'un air songeur.

Le cheval qui foulait maintenant un sol pierreux ralentit un peu l'allure, et Isabelle en profita pour se retourner aussitôt.

– Tu as entendu la reine en parler ? demanda-t-elle en me regardant.

Je hochai la tête.

– Je te raconterai un peu plus tard dans quelles circonstances. La reine voulait savoir si le Dr Dee avait déjà trouvé la formule de l'élixir.

– C'est très possible, car il paraît que la reine vieillit vite et en est fort marrie, car elle a toujours adoré avoir les hommes à ses pieds.

La reine était donc vaine*, comme n'importe quelle femme ordinaire, et se préoccupait beaucoup de l'effet qu'elle produisait sur les hommes. Cette question nous retint un bon moment.

– Et ce n'est pas tout, ajoutai-je. Le Dr Dee lui a montré une étrange boule de cristal qui lui appartient et qu'il garde habituellement enfermée à double tour dans un coffre.

– J'en ai entendu parler ! s'écria Isabelle. Quand je travaillais à la taverne de l'Homme Vert, j'ai entendu des hommes discuter à ce propos.

– Que disaient-ils ? demandai-je avec une ardente curiosité.

– Ils disaient qu'on peut voir des choses extraordinaires à l'intérieur.

– Eh bien, déclarai-je non sans importance, figuretoi que j'ai tenu l'objet en question dans ma propre main !

Elle poussa un cri étouffé.

– J'ai regardé dans ses profondeurs et j'ai vu...

Qu'avais-je donc vu ? J'hésitai un bref instant avant de reprendre :

– Quantité de pierres bleues, et quelque chose qui ressemblait à un flacon ou à une bouteille…

Saisie, Isabelle tira sur les rênes du cheval de manière à ce qu'il s'immobilise presque avant de me jeter un regard craintif.

– Tu as vu quelque chose à l'intérieur ? Tu as le don de double vue ?

Je me hâtai de secouer la tête en signe de dénégation, car la question sentait quelque peu le soufre, et il était dangereux d'aborder ce genre de sujet, même entre amis.

– Je ne pense pas, dis-je, car je n'ai jamais eu ce don avant d'arriver dans la maison du magicien.

À mesure que je parlais, cependant, la curieuse impression que j'avais eue en approchant de la Maison Noire me revint en mémoire. Je me remémorai aussi quelques-uns des rêves que j'avais eus.

– Mais le Dr Dee ne peut pas ne pas avoir le don de double vue, s'écria Isabelle. Il a certainement des pouvoirs magiques.

Je haussai les épaules.

– Je suis persuadée qu'il est d'une extrême intelligence, répondis-je, mais je ne suis pas sûre qu'il ait…

Je lui racontai alors en détail la visite de la reine chez le magicien : comment je m'étais cachée dans la cheminée et comment son bouffon, qui m'avait appelée « ma jolie » (je ne pus résister au plaisir de le préciser), avait fini par me découvrir, enfin, comment le Dr Dee et Mr Kelly m'avaient priée de me substituer à la fille décédée d'un gentleman qui voulait entrer en communication avec celle-ci.

Isabelle écouta attentivement mon histoire et posa des questions auxquelles je m'efforçai de répondre de mon mieux.

– Aurais-tu fait ce que j'ai refusé de faire ? demandai-je pour finir.

Isabelle réfléchit un moment avant de secouer la tête.

– Je ferais beaucoup de choses pour posséder deux pièces d'or, répondit-elle, mais en aucun cas je n'accepterais de jouer le rôle d'un cadavre dans un cimetière !

Sur ce, elle enfonça en riant ses talons dans les flancs de sa monture, et nous poursuivîmes notre chemin. Notre voyage était presque arrivé à son terme.

En approchant de Hazelgrove, je me rappelai mon cauchemar et fus prise de frayeur. Mais bientôt, tandis que nous descendions la grand-rue et que je cherchais du regard l'emplacement de notre chaumière, j'aperçus, à mon grand soulagement, son toit. La maison était donc toujours là, exactement comme le jour où je l'avais quittée.

Je la désignai du doigt à Isabelle.

– Tu vois, dis-je, elle est tout près, mais je te serais reconnaissante si tu empruntais le chemin le plus long, celui qui fait le tour de l'église et traverse la place du village, comme ça, je pourrai vérifier si rien n'a changé depuis mon départ.

Isabelle me répondit avec un petit sourire qu'elle était heureuse d'aller partout où je lui demandais d'aller.

Plus nous nous rapprochions du centre, plus la grand-rue était encombrée. Une petite foule s'était même rassemblée près du pilori, juste devant l'église. Obéissant à un soudain pressentiment, je demandai à Isabelle d'arrêter le cheval à quelque distance de là, me laissai glisser à terre, et, après avoir frictionné mes membres endoloris, marchai doucement en direction de l'église en prenant soin de rester le plus possible sous le couvert des arbres.

Une fois parvenue non loin du pilori, je remarquai qu'un homme y était attaché. Sa tête retombait sur le côté, sa bouche était grande ouverte, et les villageois avaient manifestement saisi l'occasion de se débarrasser de leurs légumes pourris en le bombardant à coups de rebuts, car il avait la figure toute tachée de rouge, et l'on pouvait voir dans ses cheveux des pelures de tomates et d'autres trucs dégoûtants.

Tandis qu'il était assis là, il ne cessait de jurer, de gémir et de cracher par terre. Néanmoins, je n'éprouvais aucune sympathie pour lui, sachant qu'il recevait sans aucun doute un châtiment bien mérité. En outre, ce n'était pas la première fois que mon père – car c'était mon père – était ainsi attaché au pilori.

Je l'observai pendant quelque temps avant de revenir discrètement à l'endroit où Isabelle, debout près du cheval, m'attendait.

– C'est quelqu'un que tu connais ? demanda-t-elle en remarquant mon expression.

Acquiesçant d'un signe de tête, je lui parlai du triste spectacle auquel je venais d'assister et lui demandai une petite faveur : ne verrait-elle pas d'inconvénient à ce que je me rende à la maison toute seule ? Ma mère, lui expliquai-je, avait sans doute honte, terriblement honte de ce que Père avait fait, et il ne me semblait pas que c'était le moment opportun pour lui présenter une nouvelle amie.

M'man était assise sur un tabouret devant la chaumière, ce qui me surprit, car c'était un jour d'automne assez frais pour la saison, et une petite bruine très fine s'était mise à tomber.

À mesure que j'avançais à sa rencontre, j'éprouvais un malaise croissant. Je voyais bien, à la manière dont elle se tenait, le dos rond et les épaules tombantes, qu'il y avait quelque chose qui n'allait pas, vraiment pas.

Elle leva les yeux, et à peine m'eut-elle aperçue qu'elle commença à pleurer. Ce n'étaient pas des sanglots convulsifs, mais des larmes de tristesse et de désespoir, qui semblaient être l'expression d'une détresse de très longue date.

Je m'installai à ses pieds, sans prendre garde à l'humidité de l'herbe.

– Pourquoi restes-tu là dehors ? demandai-je. Rentrons à l'intérieur, nous pourrons parler comme il faut, et tu me diras ce qui ne va pas.

Je soupçonnais déjà qu'il ne s'agissait pas seulement de mon père condamné au pilori mais d'une affaire encore plus grave.

– Je peux pas retourner là-dedans, fit-elle en secouant violemment la tête. Non, je peux pas. C'est tout parti. Y a rien à faire.

– Qu'est-ce que tu veux dire par « tout parti » ? questionnai-je.

– Complètement, complètement parti, se borna-t-elle à répondre.

Je me levai, allai jusqu'à la porte de notre chaumière, et regardai à l'intérieur. Je compris alors seulement ce qu'elle avait voulu dire : toute trace de mobilier – jusqu'aux volets et aux châssis des fenêtres – avait disparu. Notre coffre, la table, les tabourets et les ustensiles de cuisine, l'échelle qui conduisait à la chambre, et même les fers à repasser et le vieux chaudron rouillé que j'avais toujours vu suspendu au-dessus du feu, tout, absolument tout s'était volatilisé.

Devant ce pitoyable spectacle, je sentis des larmes poindre dans mes yeux. Certes, notre foyer n'avait jamais été riche ni heureux (il fallait en rendre grâce à Père !), mais nous avions tout de même passé quelques bons moments entre les murs de cette maison, mes frères et sœurs et moi. Et M'man, bien qu'aux prises avec des difficultés de toutes sortes, avait fait de son mieux pour nourrir, chauffer et abriter sa nombreuse progéniture. À présent, notre chaumière n'était plus qu'une cellule vide, ô combien désolée !

Je restai plantée là un moment, après quoi je retournai près de M'man et lui demandai de m'expliquer ce qui était arrivé.

– C'est à cause de votre père, chuchota-t-elle.

– Oh, je savais bien que c'était lui qui devait être derrière tout ça! dis-je avec amertume. Qui d'autre cela aurait-il pu être? Mais qu'a-t-il fait au juste?

– L'a dilapidé au jeu tout notre argent, jusqu'au dernier penny. Et après, l'a vendu tout ce qu'il y avait dans la maison pour payer ses dettes: vendu mes vêtements, vendu les volets et même les châssis des fenêtres, et même le bois que je ramassais pour nos feux d'hiver, et malgré ça, il devait encore des sous à la moitié des gars de la taverne du Cochon et de la Flûte. Et c'est pas tout: il a volé la truie de Sam Taylor, qu'il a revendue au marché, et même le pauvre tronc de l'église.

– Oh, M'man! m'exclamai-je en la prenant par les épaules pour serrer son frêle corps contre le mien. Mais que va-t-il arriver à présent? Qu'allez-vous devenir?

– Votre père sera détaché du pilori demain. Ensuite… Eh bien, on nous a fait savoir que nous devrions aller dans une maison de correction.

– Non! m'écriai-je avec consternation, me rappelant mon rêve.

Elle hocha la tête en soupirant.

– C'est tout ce qu'il nous reste comme perspective.

Je bondis.

– Mais toi, tu ne devrais pas être punie ! Qu'est-ce que tu as fait de mal ?

– Le loyer de la chaumière n'a pas été payé depuis l'été dernier, et l'intendant de Lord Ashe a l'intention de récupérer la maison.

Elle se remit à pleurer tout en se balançant d'arrière en avant et d'avant en arrière sur le tabouret.

– La honte ! ne cessait-elle de répéter. Oh, quelle honte que tout cela !

Je l'empoignai par les épaules.

– M'man, dis-je, tu dois essayer d'être forte.

Je palpai ma poche dans l'espoir d'y découvrir une pièce, mais il n'y avait rien, pas même un penny.

– Je vais trouver de l'argent et je t'en enverrai.

– Tu ne pourras jamais trouver une somme équivalant aux dettes de ton père !

– Je vais essayer, répondis-je en la serrant dans mes bras. Tous les pence que je peux obtenir, je les obtiendrai. Et toi, entre-temps, tu dois refuser de quitter cette chaumière. Dis à l'intendant de Lord Ashe qu'une personne de ta famille t'enverra de l'argent cette semaine.

– Mais tu n'as pas les moyens...

Elle sembla soudain reprendre le dessus.

– Mais... que fais-tu ici, Lucy ? D'où viens-tu ?

– D'un endroit qui n'est pas très loin d'ici, répondis-je. De Mortlake. C'est là que j'habite. Je travaille comme bonne d'enfants dans une grande demeure.

Elle leva une main pour me toucher la joue.

– Ma fille. Tu lui as échappé et tu as bien fait. Ah, je suis fière de toi, Lucy ! Tu as toujours été une enfant très maligne.

Je l'embrassai.

– Je trouverai l'argent. Je ne te décevrai pas, M'man. Je te le promets.

Elle hocha la tête en esquissant un vague sourire, mais je savais qu'elle ne me croyait pas et je ne pus que la serrer dans mes bras une dernière fois avant de courir à toutes jambes rejoindre Isabelle qui m'attendait avec notre monture.

Le trajet de retour fut beaucoup plus rapide, car le cheval, mis en train, semblait-il, par sa précédente course, partit au galop et garda la même allure tout le long du chemin. Pour ma part, je n'avais cure de ma sécurité et ne m'inquiétais plus de tomber. Mon seul souci était de rentrer le plus vite possible à la maison afin de pouvoir exécuter mon plan.

À mon arrivée, je fus joyeusement accueillie par Beth et Merryl qui devaient s'imaginer que j'étais allée m'amuser comme leurs autres bonnes d'enfants. Après leur avoir promis que je leur raconterais mon expédition, j'emmenai Isabelle dans ma chambre pour lui offrir ma jupe et mon corsage vert pomme.

Elle me lança un regard à la fois étonné et ravi.

– Pourquoi me donnes-tu ces choses ?

– J'avais l'intention de te les donner de toute façon, répondis-je. Mais maintenant, je te prie de les accepter en échange d'un autre voyage à Hazelgrove.

– Tu veux retourner là-bas ? demanda-t-elle, car je ne lui avais pas encore parlé de ce qui attendait M'man et m'étais bornée à dire qu'elle n'allait pas bien.

– Non, pas moi, fis-je, car on ne m'accordera pas une seconde fois un pareil congé. Mais si, par hasard, tu devais entraîner un autre cheval...

– Ça se pourrait, m'interrompit-elle en ouvrant des yeux écarquillés.

– En ce cas, j'aimerais que tu apportes de ma part quelque chose à Hazelgrove. Quelque chose que j'espère te donner demain et qui sera de la plus grande importance pour ma mère.

– Bien entendu, fit-elle.

Et, après avoir plié la tenue vert pomme et l'avoir fourrée sous son bras, elle m'embrassa pour me dire au revoir en me jurant qu'elle ne me laisserait pas tomber.

Je préparai Beth et Merryl pour la nuit tout en leur racontant une histoire de chevauchée au cours de laquelle je m'égarais dans une forêt profonde, déjouais les plans d'un bandit de grand chemin et me liais d'amitié avec une grande variété d'animaux doués de la parole. Puis, non sans avoir pris soin de me laver les mains et la figure, je m'acheminai vers la bibliothèque que, au dire de Mrs Midge, le Dr Dee et Mr Kelly n'avaient pas quittée de la journée.

– Et, ajouta la cuisinière avec aigreur, par deux

fois, ils m'ont envoyée chercher à la taverne des petits pâtés de mouton en croûte et un pichet de bière légère !

Tremblant de tous mes membres, car je craignais qu'ils n'eussent changé d'avis pendant la nuit ou trouvé une autre fille pour faire le travail, je frappai à la porte noire et attendis d'avoir la permission d'entrer. Quelques secondes plus tard, en pénétrant dans la pièce, je vis les deux hommes assis à la longue table devant un certain nombre de parchemins. Derrière eux, sur le mur, je remarquai deux immenses cartes. L'une d'elles, m'avait expliqué Merryl, servait à déterminer le mouvement des étoiles, l'autre à donner les heures des marées dans le monde entier.

– Oui ? demanda le Dr Dee qui semblait contrarié par mon interruption.

Je m'inclinai profondément.

– Pardonnez-moi d'avoir la hardiesse de m'adresser directement à vous, messieurs, commençai-je quand je me fus redressée, mais l'autre soir, vous m'avez fait une proposition. Vous m'avez demandé de participer à… à une petite représentation que vous avez l'intention de monter.

Levant les yeux de ses parchemins pour la première fois, Mr Kelly tressaillit.

– J'ai alors refusé, mais je crois maintenant qu'il me plairait de jouer dans cette mascarade.

Le Dr Dee jeta un coup d'œil à Mr Kelly qui se caressait la barbe.

– Tu as changé d'avis ? Eh bien, pourquoi cela ?

– Je vais être franche avec vous, monsieur, répondis-je en me sentant rougir. Une personne de ma famille a grand besoin d'argent, et je voudrais l'aider.

– Je vois, énonça lentement le Dr Dee.

– Le puritanisme de ton père ne te tracasse donc plus, Lucy ? questionna Mr Kelly d'un ton sardonique.

Je secouai la tête en rougissant de plus belle.

– Je jouerai le rôle si vous le souhaitez.

Les deux hommes échangèrent un nouveau regard.

– Ce rôle t'est toujours réservé, dit le Dr Dee. Il n'y a aucun doute là-dessus.

– Vous avez parlé de deux pièces d'or, n'est-ce pas ? Par conséquent, si j'accepte de participer à la mascarade, eh bien... je vous prie de m'excuser, serait-il possible que je reçoive mon cachet à l'avance ?

– Je n'ai pas une somme pareille sur moi, grommela le Dr Dee. Et vous, Kelly, combien avez-vous ?

Non sans réticence, Mr Kelly sortit de sa poche une petite bourse de velours dont il secoua le contenu sur la table. Puis, prenant deux pièces d'or, il me les tendit en disant :

– En échange de ces pièces, tu dois nous promettre de faire tout ce que nous te demanderons et jurer que tu n'en souffleras mot à personne.

J'en avais déjà parlé à Isabelle, bien entendu, mais j'acquiesçai tout de même d'un signe de tête.

– Oui, monsieur, je vous le promets et je vous

177

remercie de tout cœur. Quand… Quand donc cette mascarade est-elle censée avoir lieu ?

Les deux hommes se consultèrent du regard.

– Mercredi prochain serait un jour particulièrement opportun, répondit le Dr Dee.

Mr Kelly sourit – d'un sourire qui me déplut fort, car il me rappelait celui des alligators.

– Oui, confirma-t-il, mercredi prochain, le trente et unième jour du mois.

Je frissonnai.

– Mais, monsieur, c'est la veille de la fête de Halloween, rétorquai-je, sachant bien que cette nuit-là, les bons citoyens doivent rester cloîtrés chez eux, laissant vagabonder goules, sorcières et autres esprits du mal.

– En effet, répondit Mr Kelly. Mais en ce qui te concerne, tu n'as rien à craindre, mon enfant.

– Rien du tout, en vérité, renchérit le Dr Dee. Les êtres sans instruction, les âmes simples sont les seuls à pouvoir circuler au-dehors cette nuit-là, car Dieu, dans sa grande pitié, les protège de la sorcellerie. Va, tu peux partir maintenant, ajouta-t-il en agitant la main.

Chapitre treize

Le lendemain matin, je me rendis avec Merryl à la cabane où vivait Isabelle et lui confiai une bourse en tissu que je venais de coudre. Elle contenait, outre les deux pièces d'or, quelques pièces de cuivre – reliquat de l'argent que j'avais apporté de la maison.

– Ça suffira. Grâce à cette somme, M'man ne sera pas obligée d'aller dans une maison de correction ou à l'hospice des pauvres. Mon père non plus, ajoutai-je, bien que je me moque de son sort comme d'une guigne : s'il ne revoyait jamais la lumière du jour, ça me serait bien égal !

– J'irai lui porter la bourse dès demain, promit-elle. Mon frère a dit qu'il m'accompagnerait à cheval et veillerait à ce que j'arrive là-bas sans encombre. Il t'est reconnaissant, vois-tu, de ce que tu as fait pour moi, car si tu étais allée trouver le guet quand...

– Plus un seul mot à ce sujet, me hâtai-je de l'interrompre.

Elle sourit et fourra la bourse dans sa poche. Après quoi, elle jeta un coup d'œil par-dessus son épaule dans la chaumine où Merryl jouait avec Margaret, la plus jeune des sœurs d'Isabelle, à qui soutiendrait le plus longtemps sans ciller le regard de l'autre.

– Tu as donc dit à tes gentlemen que tu avais finalement décidé de participer à la mystification? demanda-t-elle à voix basse.

Je hochai la tête.

– Quand aura-t-elle lieu?

– Le trente et un octobre, répliquai-je.

– Mais c'est…, dit-elle en écarquillant les yeux.

Après avoir acquiescé d'un signe de tête, je m'efforçai de lui présenter les choses sous un autre angle:

– N'aie crainte, tout ira bien. Les goules et les petits fantômes ne me poursuivront pas, puisqu'ils penseront que je suis une des leurs.

– Tu ne devrais pas plaisanter à propos de choses pareilles, fit-elle anxieusement. Veille à emporter des brindilles de sorbier en forme de croix et aussi une pierre de lune – il paraît que c'est très efficace contre les sorcières. On dit également que le son d'une cloche de cuivre bénie dans l'église a le pouvoir de débarrasser en un clin d'œil n'importe quel endroit des démons.

Je me mis à rire.

– Eh bien, dis-je, si j'emmène avec moi tous ces charmes, je serai tellement chargée que je ne pourrai plus marcher!

Tout le reste de la journée, je luttai en vain contre la peur – une double peur. À propos de la date de la mascarade, bien sûr, mais aussi de ma bourse. J'avais beau aimer tendrement Isabelle et la considérer comme une véritable amie, je ne pouvais m'empêcher de m'inquiéter, car cet argent était une affaire de vie ou de mort pour M'man. Je n'avais encore jamais rencontré le frère d'Isabelle, aussi n'avais-je pas le moyen de savoir si je pouvais lui faire confiance ou non. Quand il entendrait parler de ce que la bourse contenait, ne serait-il pas tenté de la dérober ?

Cet après-midi-là, Mrs Dee vint inspecter la cuisine. Si je ne me trompe, c'était seulement la seconde fois depuis mon arrivée que je la voyais hors de sa chambre. Elle n'était pas habillée comme une grande dame aurait dû l'être ; elle portait une chemise de nuit assez ordinaire, et ses cheveux s'échappaient de son bonnet de nuit en mèches clairsemées. Elle semblait très malheureuse, car, sur les instances du Dr Dee, Mrs Allen avait emmené le petit Arthur chez sa nourrice très tôt, ce matin-là, et l'y avait laissé.

Une étrange scène se déroula bientôt sous mes yeux : Beth et Merryl, debout de chaque côté de leur mère, lui parlant et la tenant par la main ; la cuisinière, aux petits soins pour sa maîtresse, tentant, à force de cajoleries, de lui faire prendre quelque chose de nourrissant ; enfin, couvrant toute cette agitation, des cris perçants continuels et des coups incessants

frappés à la porte de la cave : c'était Tom-le-fou
– dont la présence rendait Mrs Dee excessivement
nerveuse – qu'on avait enfermé là.

– Consentiriez-vous à prendre un peu de bouillon de
poulet légèrement épaissi avec de la farine, madame ?
disait Mrs Midge. Je pourrais envoyer Lucy chercher
une volaille à faire au pot.

N'ayant obtenu pour toute réaction qu'un hochement de tête négatif, Mrs Midge poursuivit :

– Ou peut-être une petite compote de sauge et de
scabieuse* pour adoucir votre mélancolie ?

– Merci, soupira Mrs Dee, mais je ne pourrai pas
avaler le moindre morceau.

Mrs Midge haussa les épaules en me lançant un
regard désespéré.

– Après leurs couches, ma mère faisait toujours
prendre à mes sœurs un fortifiant à base de fleurs de
sureau et de mûres jaunes macérées dans du vin de
Bordeaux, intervins-je timidement.

Mais Mrs Dee refusa derechef, disant qu'elle pré-
férerait ne pas en prendre. Même l'alléchante proposition de Merryl : un beau pain d'épice doré au jaune
d'œuf ne put la faire changer d'avis.

– Arthur. Pauvre petit bébé, ne cessait-elle de répéter. Il ne saura pas où il est ni qui est sa vraie mère. Il
pensera que je l'ai abandonné.

– Je vous demande pardon, madame, dit Mrs Midge,
mais l'enfant est beaucoup trop jeune pour s'inquiéter de l'endroit où il est. Et dans tout le pays, vous ne

trouverez pas meilleure nourrice avec un lait aussi abondant !

En proie à une angoisse insoutenable, Mrs Dee ferma les yeux.

– Oh, mais il est tellement minuscule, tellement sans défense ! soupira-t-elle. Et c'est notre héritier !

– Maman, demanda tout à coup Merryl, étiez-vous aussi malheureuse quand vous m'avez laissée chez la nourrice ?

– Et moi ? glissa Beth, prise de jalousie.

Mrs Dee fit un effort pour se ressaisir.

– Bien entendu, mes chéries, répondit-elle, tout aussi malheureuse.

Croisant alors mon regard, Mrs Midge m'adressa un petit clin d'œil.

Le lendemain, vers le soir, j'entendis frapper un léger coup à la vitre de la cuisine. J'ouvris la fenêtre – et que vis-je ? La petite Margaret qui me tendait un bout de papier ! Dans mon impatience, je le lui arrachai presque. Je n'ignorais pas qu'Isabelle savait lire et même écrire un peu, car elle m'avait raconté qu'un maître d'école dont elle faisait la lessive lui avait enseigné l'alphabet. Quand j'examinai le morceau de papier, je découvris, à mon vif plaisir, que j'étais capable de déchiffrer les quelques mots qu'elle avait griffonnés. Le billet disait : « Ta M'man dit que tu as toujours été une enfant maligne », et j'en conclus qu'Isabelle lui avait bel et bien remis la bourse, et que j'avais bien fait de lui faire confiance ainsi qu'à son frère, même si, à plusieurs reprises pendant la journée, mon esprit avait été traversé de doutes.

Après que j'eus couché les enfants, je fus mandée dans la bibliothèque pour un entretien avec le Dr Dee. Je ne sais si cet entretien ou ceux qui suivirent suscitèrent ou non la curiosité de Mrs Midge. Quoi qu'il en soit, elle ne me posa jamais la moindre question à ce propos et ne s'enquit jamais de nos sujets de conversation.

Je trouvai le Dr Dee et Mr Kelly assis de chaque côté de la vaste cheminée. Ils me regardaient d'un air grave.

– Lucy, commença le Dr Dee après que je leur eus dit bonsoir, il faut que nous te fassions répéter ton rôle.

– Bien entendu, monsieur, répondis-je d'un ton qui se voulait à la fois docile et enthousiaste, de façon qu'ils ne puissent soupçonner que je connaissais le véritable motif de la mascarade. Qu'attendez-vous de moi ?

– Nous voulons que tu incarnes la fille de Lord Vaizey, qui est un personnage important à la cour de Sa Majesté.

Je hochai lentement la tête.

– Nous avons obtenu des descriptions variées de cette jeune femme qui avait à peu près ton âge…

– Qui avait, monsieur ?

– Elle est passée dans le royaume des ombres, expliqua pudiquement Mr Kelly.

– Dois-je jouer le rôle d'une morte ? demandai-je

d'une voix scandalisée. Cela semble être une bien étrange mascarade…

– Étrange ou pas, cela ne te regarde pas, m'interrompit Mr Kelly d'un ton cassant.

– Tu dois comprendre que le père éploré sera très réconforté en revoyant sa fille, ajouta le Dr Dee.

– Je vois. Je dois donc me faire passer pour elle.

Je m'accordai un petit instant de silence, comme pour prendre le temps de me faire à cette idée, après quoi je demandai quels mots il me fallait apprendre pour jouer mon rôle.

– Il te faudra en apprendre très peu, répondit le Dr Dee. Tu apparaîtras, Lord Vaizey implorera ton pardon, puis ce sera ton tour de parler. Tu n'auras qu'à dire : « Je vous pardonne, Père. »

– C'est tout ?

Ils acquiescèrent tous deux d'un signe de tête.

– Essaye, mon enfant.

– Je vous pardonne, Père, entonnai-je.

– Un peu plus de sentiment ! insista Mr Kelly.

– Et une intonation plus douce, plus civilisée.

Je fis une deuxième tentative.

– Je vous pardonne, Père.

Le Dr Dee secoua la tête.

– Tu as un très vilain accent campagnard.

– Rappelle-toi, ajouta Mr Kelly, la jeune femme – Alice – était demoiselle d'honneur de la reine. Tu es donc censée parler d'une voix douce, un peu sourde mais très mélodieuse.

– Je vous pardonne, Père, répétai-je plus bas.

– Encore et encore, jusqu'à ce que nous soyons satisfaits, dit Mr Kelly d'un ton abrupt.

– Il faut que tu travailles dur, glissa le Dr Dee, car on ne gagne pas aussi facilement que ça deux pièces d'or.

En revanche, pensai-je, on pouvait gagner très facilement, à ce qu'il semble, trente pièces d'or. Mais, bien entendu, je ne pouvais répliquer une chose pareille. Je me contentai donc de demander :

– Et si l'homme – son père – cherche à me poser d'autres questions ?

Mr Kelly rétorqua d'un air sévère que je n'aurais rien à dire de plus que les quelques mots qu'ils étaient en train de m'apprendre.

– Tu apparaîtras, puis tu prononceras ces mots avant de te volatiliser. Comprends-tu ?

– Essaye encore, fit le Dr Dee, car tout ou presque dépend de cela.

– Je vous pardonne, Père.

– C'est un peu mieux.

– Encore – et puis encore une fois.

Ainsi s'écoula la soirée.

Le lendemain soir, quand je retournai dans la bibliothèque, on m'informa que je devrais porter un linceul pour la mascarade. Ainsi aurais-je l'air d'émerger tout juste de mon cercueil.

– Ce ne sera pas un linceul de laine grossière comme

en ont les gens du peuple, m'assura Mr Kelly, mais de beau lin blanc. Et tu pourras le garder après.

Je frissonnai en me représentant la scène et ne pus m'empêcher de me demander si les vrais fantômes et les vraies goules qui sortiraient cette nuit-là seraient en colère contre cette mystification. Seule la pensée du drap de beau lin blanc qui m'appartiendrait ensuite m'apaisa légèrement.

Je leur demandai alors comment je ferais pour marcher, comment il était possible d'apparaître et de disparaître avec un drap enroulé étroitement autour du corps. Après avoir discuté du problème, les deux hommes décidèrent que le drap ne serait pas ajusté autour de moi mais lâche, donnant l'impression de flotter. Dessous, je mettrais une chemise de nuit de qualité supérieure.

– Mais quelle sorte de chemise de nuit ? Voilà la question qu'il nous faut maintenant résoudre, dit le Dr Dee d'un ton angoissé. Si la jeune fille portait du plumetis quand on l'a déposée dans la tombe, elle ne saurait apparaître dans de la batiste plissée.

– En effet, répondit Mr Kelly.

– Et comment était-elle coiffée ? demanda soudain le Dr Dee. Et d'abord de quelle couleur étaient ses cheveux ?

Ils échangèrent un long regard avant de fixer les yeux sur moi.

– Il faut nous renseigner à ce sujet et, si nécessaire, nous procurer une perruque, déclara le Dr Dee.

– Ou peut-être tirer ses cheveux en arrière, les attacher et les dissimuler. Après tout, c'était une femme mariée. Elle avait donc les cheveux relevés.

À ce moment précis, j'entendis une voix tout près de moi prononcer très distinctement : « Hélas, pauvre Alice que je suis ! J'étais une femme mariée mais je suis morte vierge. »

Je regardai autour de moi avec étonnement, car, à ce qu'il semblait, personne n'était entré dans la pièce. Il n'y avait là que les deux gentlemen qui n'avaient pas l'air d'avoir remarqué le moindre phénomène bizarre. J'en conclus donc que j'avais entendu cette voix dans ma tête. Et la voix était accompagnée de l'image d'une jeune fille habillée d'une robe blanche, avec de longs cheveux blonds répandus sur les épaules et une couronne de myrte sur la tête.

J'étais saisie par l'étrangeté de la situation. Mais le plus étrange, c'est que l'image de la jeune fille ne se trouvait pas devant moi, comme un reflet dans un miroir, mais qu'elle se confondait avec moi. Quand je baissais les yeux sur ma personne, j'avais l'impression d'être la fille à la robe blanche et à la couronne de myrte. Et ce n'était pas tout : la soie de la chemise de nuit, qui était trempée, me collait à la peau, et un brin d'élodée était accroché à mon épaule.

Je m'entendis dire tout à coup :

– C'était une vierge…

Les deux gentlemen me lancèrent un regard stupéfait.

– Et, poursuivis-je, elle portait les cheveux dénoués…

– Que… Que voulez-vous dire ? demanda le Dr Dee.

– Comment pourriez-vous savoir quoi que ce soit à son sujet ? fit l'autre. D'ailleurs, elle n'était pas vierge, car c'était une femme mariée.

– Mais… Je crois que… le mariage n'était pas complet, me hâtai-je de répondre, car l'image et la voix s'étaient évanouies, me laissant perplexe.

Comment était-il possible que j'aie eu connaissance de tous ces détails, en particulier le dernier, si intime ?

– Le mariage n'était pas consommé ? questionna le Dr Dee.

Je rougis.

– Vous me pardonnerez, monsieur, mais j'ai idée qu'il ne l'était pas.

– Pfff ! fit Mr Kelly. Une fille comme toi ne peut rien savoir de ces choses-là.

Deux jours plus tard, je fus convoquée en plein après-midi à la bibliothèque. J'y trouvai les deux gentlemen assis à m'attendre. Ils m'enjoignirent de me cacher derrière une tapisserie et d'écouter les propos d'une tierce personne qui allait arriver sous peu – ce dont je pourrais tirer profit.

Intriguée, j'obéis. Peu de temps après, on fit entrer une femme dans la pièce. Écartant légèrement le bord de la tapisserie, je glissai un œil dans l'espoir de la voir, mais je ne pus distinguer son visage, car elle portait une longue mante dont elle n'avait pas encore rabattu le capuchon. Il me sembla toutefois, à en juger par la magnifique étoffe de cette mante et ses beaux souliers de cuir, que c'était une personne honorable.

– Vous êtes Mrs…, eh bien, nous vous appellerons Mrs X, dit le Dr Dee.

La femme ne répondit pas, et je me demandai si elle était en train de promener un regard émerveillé autour d'elle, comme je l'avais fait le jour où j'avais pénétré dans la bibliothèque pour la première fois.

– Vous étiez donc servante dans la maison de Lord Vaizey ?

– Oui, monsieur, répondit la femme, manifestement un peu nerveuse.

– Il ne faut pas avoir peur de nous, expliqua le Dr Dee, nous ne parlerons pas de votre visite à âme qui vive. En outre, c'est dans l'intérêt de Lord Vaizey que nous vous avons fait venir. Nous cherchons en effet un moyen de le guérir de la mélancolie qui l'accable depuis le décès de sa fille.

– Si je ne me trompe, vous étiez par intermittence au service de la fille de Lord Vaizey ? demanda Mr Kelly.

– En effet, monsieur. Quand sa femme de chambre personnelle était souffrante, je la remplaçais auprès de Miss Alice, qu'elle se trouvât à la maison ou au palais de Richmond. Je la coiffais, préparais ses vêtements…

Sa voix commença à trembler.

– Une jolie jeune femme comme vous n'en avez jamais vu de toute votre vie.

– Je le crois volontiers, dit Mr Kelly. Mais justement, nous voudrions en savoir un peu plus à son sujet...

– De manière à pouvoir venir en aide à son pauvre père en cette heure de détresse, glissa le Dr Dee. Son apparence, par exemple. Vous disiez tantôt que vous la coiffiez ?

– Ah, quels beaux cheveux elle avait ! Épais et d'un joli blond doré. Comme un champ de blé au soleil, avais-je coutume de dire.

– Et... portait-elle des tresses ?

– Non. Elle portait les cheveux dénoués, monsieur ! Des cascades de boucles qui lui arrivaient plus bas que les épaules.

– Intéressant, intéressant, marmonna le Dr Dee. Et comment marchait-elle ? À petits pas ou à longues foulées ?

– À petits pas. Elle se déplaçait avec tant de légèreté et de grâce qu'elle semblait presque glisser.

– Et sa voix ? demanda Mr Kelly.

– Douce et pure, très claire. Elle parlait six langues ! Et elle savait aussi bien peindre, jouer du luth, danser, broder et coudre des courtepointes. Oh, elle avait toutes les qualités féminines possibles et imaginables !

– Elle semble avoir été une délicieuse jeune femme, commenta le Dr Dee. Quelle triste perte pour Lord Vaizey !

– Quelle perte pour nous tous ! renchérit la femme. Lord Vaizey n'aurait jamais dû la forcer à faire ce mariage. Je vous demande pardon, messieurs, ajouta-t-elle comme si elle cherchait à se contrôler, mais c'était une très jolie fille et nous l'aimions tous tendrement.

– C'est certain, dit le Dr Dee.

– Elle nous aimait, elle aussi, et elle était dévouée corps et âme à la reine. Elle aurait traversé le feu pour Sa Majesté.

Mr Kelly tira alors une pièce de sa poche et se mit à jouer avec, l'envoyant d'une chiquenaude en l'air pour la rattraper ensuite.

– Ne pourriez-vous nous apprendre quelque chose de plus sur son apparence ? Au sujet de son teint, par exemple. Peut-être avait-elle des taches de rousseur ou des marques de varicelle.

– Oh non, monsieur ! Sa peau était lisse comme de la soie. Et très pâle. Comme doit l'être la peau d'une dame.

– Et ses yeux – sombres ?

– Bleus, monsieur, bleus comme la véronique.

– Ah ! fit Mr Kelly.

Il pensait probablement à mes yeux qui n'étaient pas bleus.

– Connaîtriez-vous d'autres particularités de sa personne ? Par exemple, aimait-elle les jolis tissus ?

– Monsieur ?

– La soie et le satin ?

Mr Kelly lança à nouveau en l'air la pièce de monnaie que la femme rattrapa habilement.

– Ou préférait-elle le toucher plus rustique, disons, du lin et du coton ?

– Comme je vous l'ai dit, c'était une vraie dame, répliqua la femme en empochant la pièce. Elle ne supportait que le contact de la pure soie. Figurez-vous que sa mère avait fait faire une douzaine de robes de nuit en soie pour son coffre de mariage !

– Blanches, probablement…

– Crème, monsieur. Un riche coloris accordé à son teint pâle. C'est dans une de ces robes qu'elle a été enterrée, monsieur.

– Aah ! s'écrièrent le Dr Dee et Mr Kelly d'une seule voix.

– Et elle est morte le jour même de son mariage ? demanda le Dr Dee au bout d'un moment.

Je vis la femme se tamponner le nez avec un mouchoir.

– Oui, fit-elle en reniflant. Cet après-midi-là, après la cérémonie, tandis que les gens continuaient à s'amuser.

– Elle était donc toujours vierge quand elle est morte ?

– C'est exact, monsieur. Elle a été enterrée avec ses beaux cheveux dénoués. Et dix-huit jeunes filles de l'hospice des pauvres – autant de jeunes filles qu'elle comptait d'années – ont accompagné le corps. Elles portaient toutes de longues robes noires et des gants de cuir, précisa la femme dont la langue s'était singulièrement déliée depuis qu'elle avait empoché la pièce. Tout avait été organisé à la perfection : le corbillard était tendu d'une étoffe de velours violet bordée de bleu, que Sa Majesté avait fait envoyer de sa part, et après la cérémonie, il y a eu un grand banquet de funérailles avec de la venaison, des lapins et des chapons.

Mon cœur battait très vite. Comment avais-je pu savoir qu'elle était morte vierge ?

– C'est triste. Extrêmement triste, dit Mr Kelly. Et comment la malheureuse a-t-elle trouvé la mort ?

– Elle s'est noyée. Il y a un ruisseau très rapide qui court à travers le domaine de son père, elle s'est couchée sur l'eau et laissé dériver. On a découvert son corps immobilisé non loin des tourbillons un peu plus tard dans la soirée, et on a eu beau tenter de la ranimer, elle était bel et bien morte.

La femme se mit alors à sangloter, ce qui eut l'heur de couvrir le petit cri de surprise que je poussai. C'était donc pour cette raison que j'avais eu cette étrange vision de la pauvre Alice : une Alice trempée jusqu'aux os, avec sa robe lui collant à la peau et des élodées accrochées aux épaules…

Chapitre quatorze

Le trente et un octobre, au plus profond de la nuit, une voiture à cheval vint nous chercher, le Dr Dee, Mr Kelly et moi, pour nous emmener dans un lieu que j'identifierais plus tard comme étant le cimetière jouxtant la chapelle royale du palais de Richmond, où était enterrée Alice Vaizey. J'étais vêtue en tout et pour tout d'une chemise de nuit en satin de soie crème et d'une mante et je portais une longue perruque blonde. On me poussa sans ménagement dans la voiture à l'intérieur de laquelle Mr Kelly me hissa comme un baluchon de vieux habits. Après quoi, très soucieux que je ne voie rien et que je ne sois pas vue, il insista pour que je me couche par terre.

Toutes ces précautions me semblaient parfaitement inutiles, car la cloche du sonneur avait déjà averti qu'il était onze heures et demie et, en outre, c'était la nuit tant redoutée du trente et un. J'étais donc sûre et certaine que personne ne s'aventurerait dehors.

Sauf, bien sûr, ceux qui ne sont pas sujets à la mort, c'est-à-dire les spectres et les fantômes. À cette pensée, je tâtai les brindilles de sorbier que j'avais cachées dans la poche de ma mante. Isabelle me les avait données en me disant que si j'apercevais quelque chose de surnaturel, il fallait que je les brandisse et que je fasse un signe de croix. Je lui avais, bien entendu, rappelé que nous n'étions pas censées faire ce signe, étant donné qu'il s'agissait là d'une pratique papiste, et elle avait répliqué en riant – d'un petit rire nerveux – que les fantômes ne me dénonceraient pas.

C'était la première fois que je voyageais dans une voiture à cheval, et cela ne ressemblait en rien à ce que je m'étais imaginé. L'expérience se révéla en effet aussi brutale qu'inconfortable. La voiture roulait violemment, et j'étais allongée si près de la route qu'à chaque embardée, non seulement je ressentais le moindre cahot et la moindre secousse, mais encore j'étais tout écorchée et meurtrie. Par ailleurs, comme je ne pouvais pas voir où nous allions, j'avais mal à la tête. Les sabots des chevaux étaient emmitouflés de sorte qu'ils ne faisaient quasiment aucun bruit en parcourant les rues pavées, et le cocher – que je ne pouvais voir – ne soufflait mot. Je pensai que c'était peut-être le vieux Jack qui était un serviteur de la famille et que le Dr Dee chargeait de temps à autre de petits travaux, mais je ne pus jamais le vérifier.

Quand la voiture s'arrêta enfin, je dus attendre jusqu'à ce que l'on en eût sorti un coffre de bois. Après quoi, on me pria d'aller me cacher quelque part derrière l'église. Je trouvai sans peine mon chemin, car la lune était presque pleine, mais ne pus m'empêcher de frissonner en m'avançant entre les tombes toutes blanches et les ifs aux branches basses qui semblaient avoir pris des formes étranges et menaçantes : l'un ressemblait à une gargouille, l'autre à une bête ramassée sur elle-même, un autre encore à une grenouille.

Tandis que je franchissais la grille de l'autre côté de l'église, je m'étonnai de l'aspect spectral, effrayant que paraissaient avoir pris, à travers le prisme de mon imagination enfiévrée, toutes les choses sur lesquelles se posaient mes yeux : les pétales rouges d'une fleur languissante ressemblaient à des gouttes de sang ; des branches tordues tombées par terre à des os ; quant au bruit du vent léger qui agitait les feuilles des arbres, il évoquait une assemblée de sorcières chuchotant des formules magiques. La lune qui ne cessait de disparaître derrière d'épais nuages scintillait par intermittence, et je me pressai contre le mur de l'église en me récitant à moi-même une petite prière enfantine que j'avais coutume de psalmodier avec mes sœurs par des nuits comme celle-ci :

Fées et farfadets, 'tites goules et 'tits fantômes,
Restez tous loin de moi, cette nuit,
Car ni lutins, ni gobelins, ni vilains gnomes
Ne sont bienvenus dans ma famille.

Tout en psalmodiant ainsi, sans vraiment croire au pouvoir d'une berceuse contre le mal, je souhaitais désespérément avoir en ma possession un charme plus puissant que les brindilles de sorbier en forme de croix qu'Isabelle m'avait données et regrettais fort de n'avoir pas réussi à me procurer les autres sortilèges qu'elle m'avait recommandés.

Pendant ce temps, le Dr Dee et Mr Kelly allaient et venaient, déballant les choses qu'ils avaient tirées du coffre de bois. Avec leurs grandes houppelandes gonflées par le vent, ils semblaient être, à la lueur vacillante des lampes tempête, de mystérieuses créatures d'un autre monde. Sous ces houppelandes, ils portaient de longues robes noires, et sur la tête, des calottes de velours ornées de symboles – la tenue appropriée, supposai-je, pour les nécromanciens qu'ils prétendaient être. J'entendis quelques-unes des paroles qu'ils échangèrent, notamment à propos de Lord Vaizey à qui il fallait donner « ce qu'il attendait » et du « spectacle à monter », et je me dis qu'ils devaient me juger vraiment très simple d'esprit s'ils s'imaginaient que je n'avais pas la moindre idée de ce qu'ils étaient en train de faire.

À l'aide d'un étrange objet courbé en son milieu, le Dr Dee traça sur le sol dallé un grand cercle à la craie, qu'il arrêta en tirant des lignes très précises. Ces lignes figuraient, je le découvrirais peu après, une étoile à cinq branches identique à celle que j'avais remarquée sur la tombe de Mortlake. Et, quelques jours plus tard, j'apprendrais de la bouche de Beth que cette forme géométrique – appelée pentacle –

était utilisée comme protection par les magiciens : une vieille croyance voulait en effet que les forces obscures ne puissent rien contre une personne se trouvant à l'intérieur d'un pentacle.

Quand le Dr Dee eut terminé son cercle magique, Mr Kelly s'approcha de l'endroit où j'attendais. Il me demanda d'ôter ma mante, puis il enroula lâchement le linceul autour de moi avant d'arranger mes faux cheveux par-dessus.

– Il faut que tes vêtements traînent derrière toi comme si tu venais d'émerger de ton cercueil, recommanda-t-il. Mais prends garde de ne pas te prendre les pieds dans le linceul, et surtout rappelle-toi qu'Alice Vaizey avait une démarche gracieuse et un beau port de tête.

– Oui, monsieur. Et à quel moment dois-je apparaître ?

– Après la cérémonie, répliqua-t-il.

Je le regardai, perplexe.

– Il y aura un… un prélude durant lequel le Dr Dee et moi-même jouerons une petite pièce, expliqua-t-il. Ensuite, tu entendras le Dr Dee prononcer les mots : « Lève-toi, doux esprit ! »

– Et c'est à ce moment-là que je suis censée faire mon apparition ?

Il acquiesça d'un signe de tête.

– Tu entres par cette grille, tu t'avances vers nous – en contournant ce gros if – et tu te tiens à l'intérieur du symbole tracé à la craie dans une attitude de prière, comme nous l'avons indiqué tout à l'heure. C'est alors que Lord Vaizey parlera et te demandera de lui pardonner, et tu diras… ?

– Je vous pardonne, Père.

Il marqua son assentiment par un léger mouvement de la tête.

– À ce moment seulement, tu peux le regarder d'un air implorant, mais surtout, ne te hasarde pas à t'approcher de crainte qu'il ne remarque la couleur de tes yeux ! Après quoi, fais volte-face et retourne derrière le gros if, là où se trouve la tombe d'Alice.

J'acquiesçai en silence.

« Hélas, pauvre Alice », dit une voix à l'intérieur de moi.

Je ne savais pas quelle heure il était exactement, mais à mon avis, il devait être à peu près minuit, l'heure où, à ce qu'on dit, les tombes laissent partir leurs morts. Quoi qu'il en soit, je perçus tout à coup devant l'église le son mat des sabots emmitouflés d'un cheval et le léger tintement d'une bride.

Je commençai à trembler de frayeur. « Fées et farfadets, 'tites goules et 'tits fantômes… », répétais-je dans mon for intérieur. En réalité, ce n'étaient pas ces créatures qui m'inquiétaient le plus mais les questions que je me posais. Que se passerait-il si Lord Vaizey ne voulait pas croire que j'étais le fantôme de sa fille ? Ou s'il me touchait ? S'il se rendait alors compte que je n'étais pas du tout un esprit mais un être réel, de chair et de sang ? Cela ne me servirait à rien de dire que je travaillais sous les ordres du Dr Dee ; on ne m'en brûlerait pas moins sur le bûcher comme sorcière.

Un cheval et son cavalier apparurent bientôt, et je reculai tout contre le mur de l'église avant de regarder l'homme glisser à bas de sa monture. À cet instant précis, la lune resurgit des nuages, me permettant de voir Lord Vaizey – car ce devait certainement être lui. Il portait une épaisse houppelande, de hautes bottes et un chapeau de feutre noir orné de la plume noire du deuil. Il s'avança à la rencontre du Dr Dee et de Mr Kelly, et ils échangèrent tous les trois de brèves salutations.

Lord Vaizey avait l'air extraordinairement anxieux : il ne cessait de se tordre les mains et de danser sur un pied.

– Je vous en supplie, gentlemen, dites-le-moi tout de suite, demanda-t-il d'une voix rauque, exigeons-nous trop de ma fille ?

– Que voulez-vous dire, monsieur ? répondit le Dr Dee.

– Cela l'ennuiera-t-il d'être tirée de son sommeil éternel ? Nous prions nos morts de reposer en paix... Et si nous la laissions simplement dormir ?

Je dus froncer les sourcils tant j'écoutais attentivement la conversation.

– Non, non, Milord, il ne faut pas, répliqua Mr Kelly. Votre fille connaît vos tourments.

Il parlait très fort et très vite. Nul doute qu'il pensât aux trente pièces d'or qui risquaient de lui échapper.

– Et si elle pouvait adoucir ces tourments, ajouta le Dr Dee, eh bien, je crois qu'elle serait toute disposée à le faire.

– Mais supposons qu'elle ne m'ait pas pardonné ?

Il y eut un bref moment de silence, après quoi le Dr Dee reprit la parole.

– Je suis convaincu qu'elle vous aura pardonné, monsieur.

– Vraiment ?

– J'en suis tout à fait certain.

– Je pense même que présentement, elle attend que nous l'appelions, dit Mr Kelly en désignant d'un geste majestueux le cercle tracé à la craie.

Lord Vaizey poussa un long soupir, et sans doute une bourse passa-t-elle alors de main en main, car je vis Mr Kelly glisser quelque chose dans sa poche. Ils s'approchèrent tous les trois du pentacle au centre duquel le Dr Dee vint se placer, tandis que Mr Kelly et Lord Vaizey se tenaient un peu à l'écart, de l'autre côté du cercle, à l'opposé donc de l'endroit où je me tenais.

Le Dr Dee commença par saluer profondément, révérencieusement les quatre coins du cimetière, levant les bras au ciel entre chacun de ses saluts.

– Le Dr Dee, expliqua Mr Kelly, se prépare à attirer l'esprit de votre fille hors des chambres célestes où elle réside à présent pour le faire revenir sur terre.

– Dieu fasse qu'il y parvienne ! dit Lord Vaizey. Car je ne peux plus vivre avec un pareil sentiment de culpabilité.

– Vous devez comprendre, Milord, que si le Dr Dee réussit à faire apparaître votre fille, vous vous trouverez devant un être éthéré, un spectre dénué de substance. Il ne faudra en aucun cas la toucher ni même vous approcher d'elle de trop près.

Lord Vaizey était en proie à une trop grande détresse pour pouvoir répondre.

– Si vous ne respectez pas ces règles, si vous la touchez, continua Mr Kelly, eh bien... il est de mon devoir de vous avertir que vous risquez de mettre son âme en danger.

– Je ne la toucherai pas, promit Lord Vaizey d'une voix rauque.

Il y eut quelques instants de silence profond, après quoi le Dr Dee déclara :

– Convoquons les éléments !

Mr Kelly sortit alors d'un endroit hors de mon champ de vision cinq petits bols d'étain qu'il disposa, un à un, sur les cinq branches de l'étoile. Le premier contenait une substance qu'il alluma en disant : « Le feu ! », le deuxième, de l'eau, puis venaient l'air, l'esprit et la terre.

– Le cercle d'un pentacle protège et contient, commença le Dr Dee. Il symbolise l'éternité du temps et l'infini de l'espace, le cycle de la vie. Parce que touchant aux cinq éléments, il indique leur lien.

– Qu'il en soit ainsi, répondit Mr Kelly.

– La nuit du trente et un octobre est un temps propice à une telle cérémonie, car cette nuit-là, les âmes défuntes ne sont pas loin de la terre et regardent toujours du côté où leurs bien-aimés...

Tandis qu'il poursuivait son discours, me laissant ainsi un peu de temps pour préparer mon entrée en scène, je m'efforçai de maîtriser mon souffle et de le rendre égal et de me remémorer les moindres détails concernant Alice Vaizey. Dans un instant, je ferais quelques pas dans le cimetière, lancerais à Lord Vaizey un regard plein de compassion, prononcerais quatre mots brefs, et ce serait terminé.

Quand le discours du Dr Dee approcha de sa fin, je vis un nuage de fumée teintée de soufre s'élever peu à peu des alentours du porche de l'église. Pensant qu'il s'agissait d'une chose venue d'un monde surnaturel, je fus d'abord saisie d'effroi avant de me rendre compte que c'était une simple mise en scène, une sorte de toile de fond « mystique » dressée par le Dr Dee et Mr Kelly. J'en eus la confirmation quand Mr Kelly la désigna du doigt avec émerveillement en disant :

– Les esprits nous entendent ! Oh, voyez, ils apparaissent !

Le Dr Dee leva une nouvelle fois les mains vers le ciel, et je notai qu'il tenait dans la main droite le fameux miroir ébène et argent.

– Si vous vous trouvez près de notre terre, Alice

Vaizey, lança-t-il à travers les airs, alors écoutez la requête de votre père et revenez à travers ce miroir !

Je commençai à trembler de frayeur.

Le Dr Dee se tourna vers moi.

– Alice Vaizey ! Lève-toi, doux esprit ! ordonna-t-il. Tandis qu'il parlait, donnant ainsi le signal de mon entrée en scène, un phénomène étrange se produisit : une onde de chaleur se répandit à travers mes membres, et je me sentis à la fois envahie d'un grand calme et remplie de courage. Désormais en possession complète de mes moyens, je me redressai de toute ma taille, rejetai mes cheveux en arrière et marchai d'un pas léger à travers la fumée pour m'arrêter devant le pentacle. Lord Vaizey et moi, nous nous faisions à présent face, de part et d'autre du cercle.

Adoptant l'attitude exacte que l'on m'avait enseignée, la tête légèrement baissée afin que Lord Vaizey ne puisse pas voir distinctement mon visage, et les mains jointes comme pour une prière, j'attendis que la fumée se dissipe.

Dès qu'elle commença à disparaître, Lord Vaizey poussa un cri étouffé, suivi d'un autre presque guttural :

– Alice !

Je hochai doucement la tête.

– Alice ! Oh, laisse-moi…

Sur ce, Lord Vaizey fit un pas vers moi, les bras grands ouverts, et Mr Kelly dut le retenir.

– Lord Vaizey, je vous en prie, fit-il, rappelez-vous

ce que nous vous avons dit. Rappelez-vous que cela pourrait être dangereux pour l'âme de votre fille…

– Ah, oui, répondit Lord Vaizey.

Je lui jetai à la dérobée un petit coup d'œil et vis que le malheureux homme avait le visage ruisselant de larmes.

– Hâtez-vous de dire ce que vous souhaitez dire, Milord, car son passage sur la terre ne peut être que bref, avertit le Dr Dee.

– Alice, Alice ! s'écria Lord Vaizey d'une voix entrecoupée. Si je t'ai donnée en mariage à cet homme, c'est parce que je pensais que c'était le mieux pour toi.

Je laissai ma tête retomber sur le côté, comme si je réfléchissais à la chose.

– Je… J'imaginais que tu finirais par l'aimer avec le temps, mais si j'avais su que tu étais à ce point malheureuse, je ne t'aurais jamais obligée à faire ce mariage.

J'attendis encore un instant, la tête toujours inclinée.

– Je me suis montré égoïste et insensible, confessa Lord Vaizey. Oh, mon enfant, dis-moi seulement que tu me pardonnes.

Après avoir compté jusqu'à cinq, je levai les yeux et prononçai les quatre mots de mon rôle :

– Je vous pardonne, Père.

– Oh, bénie sois-tu, mon enfant ! s'écria Lord Vaizey.

Le Dr Dee poussa alors un long soupir qui semblait sortir des profondeurs de sa gorge. Quant à Mr Kelly, il s'exclama d'une voix où perçait un certain soulagement :

– Alléluia ! En vérité, vous êtes pardonné, monsieur !

J'étais sur le point de faire demi-tour et de m'en aller quand je sentis à nouveau l'onde de chaleur me parcourir des pieds à la tête, et, avant même d'en avoir pris conscience, je m'entendis dire d'un ton pressant :

– C'est trop tard pour moi, mais, je vous en prie, sauvez ma dame !

Le Dr Dee et Mr Kelly, manifestement sous le choc, semblaient incapables de prononcer un mot.

Lord Vaizey me jeta un regard profondément déconcerté, presque égaré.

– Ma chère enfant, commença-t-il, de quoi parles-tu ? Que veux-tu dire ?

Je me revis en imagination, la boule de cristal – la pierre de divination – à la main, en train d'observer attentivement le flacon orné de pierres précieuses, d'essayer de comprendre son message.

– Il faut que vous sauviez ma reine ! m'écriai-je.

– Doux esprit ! Hâte-toi de retourner d'où tu viens ! lança le Dr Dee en brandissant le miroir.

Ces paroles eurent l'effet de l'eau froide sur l'onde d'énergie et de chaleur qui venait de me parcourir de la tête aux pieds. Je redevins moi-même et, à travers la fumée, je retournai d'où j'étais venue. Qu'est-ce qui m'avait pris de parler ainsi ? Je n'en avais pas la moindre idée.

Chapitre quinze

– Espèce d'imbécile, idiote de naissance, tu as failli tout gâcher ! dit le Dr Dee avec colère.

– C'est bien pire que cela, rageait Mr Kelly. Tu aurais pu nous condamner à mort ! Nous aurions pu finir tous les trois tirés sur une claie, pendus au bout d'une corde et démembrés.

Je tressaillis sous leurs regards furieux mais réussis à répondre d'un ton ferme :

– Comment cela ? La pantomime de la nuit dernière n'était-elle pas un simple divertissement ?

Mr Kelly me congédia d'un geste impatient.

– Assez d'effronterie comme cela ! aboya-t-il. Le Dr Dee devrait te renvoyer pour désobéissance et manque de respect.

C'était au lendemain de la prétendue apparition d'Alice Vaizey. Dans la matinée, on m'avait priée de me rendre à la bibliothèque pour servir les deux gentlemen. La nuit précédente, lors du voyage de retour, l'affaire n'avait pas été évoquée, sans doute parce que le Dr Dee et Mr Kelly ne songeaient qu'à une chose : rentrer au plus vite sans se faire repérer. En outre, Mr Kelly avait dit qu'il ne pouvait répondre de lui s'il se risquait à me parler tellement il était en rage.

– Tu savais très bien les mots que tu devais prononcer. Qui t'a autorisée à en dire davantage ? demandait-il à présent, tandis que le Dr Dee, debout près de lui, se contentait de secouer la tête et de se caresser la barbe. Quel démon t'a pris de tenir de pareils propos ?

– J'... J'avais l'impression que la jeune dame au nom de laquelle je parlais voulait que je..., répondis-je avec un regard d'impuissance.

– Quelle absurdité ! s'écria-t-il. Voilà ce que l'on récolte, ajouta-t-il en se tournant vers le Dr Dee, quand on confie une tâche importante à une personne simple d'esprit et sans éducation.

– Nous n'avions pas vraiment le choix, répondit laconiquement le Dr Dee.

– Les filles de son espèce sont d'une nature inconstante et frivole et se laissent emporter par leur imagination, poursuivit Mr Kelly tout en arpentant la pièce. Leurs caprices de petites filles les amènent à oublier les directives de leurs aînés. On ne saurait faire confiance à une fille de ce niveau mental et de cette classe sociale.

– Vous avez peut-être raison, répliqua le Dr Dee

avec un petit haussement d'épaules, mais je vous répète que nous n'avions pas le choix.

– Et elle n'a rien trouvé de mieux pour justifier sa conduite, continua Mr Kelly, que cette stupide phrase... « J'avais l'impression, acheva-t-il après quelques secondes de silence en imitant cruellement mon accent campagnard, que la jeune dame voulait que je... »

Je laissai retomber ma tête, me gardant bien de plaider ma propre cause et de risquer ainsi de perdre ma place dans la maison du Dr Dee. C'était pourtant la seule explication que je pouvais donner à mon comportement : quelque chose ou plutôt quelqu'un m'avait forcée à parler comme je l'avais fait. Et l'identité de cette personne me semblait évidente.

Ce jour-là, je ne cessai de bâiller en remplissant mes différentes tâches. À ma grande surprise, et bien qu'elle ne se privât pas de me lancer de petits coups d'œil obliques et de me traiter de fainéante et de propre à rien, la cuisinière ne me demanda pas pourquoi j'étais si fatiguée. La maîtresse de maison, à nouveau souffrante, gardait la chambre, aussi Mrs Midge, qui avait décidé de lui préparer un cordial, m'envoya-t-elle au marché avec les deux fillettes pour acheter des fleurs de sureau et de tanaisie. Je partis avec enthousiasme en me disant qu'une bonne marche m'éclaircirait sans doute un peu les idées et que je verrais peut-être Isabelle, ce dont j'avais très envie.

Je trouvai effectivement mon amie sur la place du marché. Assise sur un coffre de bois près de sa sœur Margaret métamorphosée en petite marchande de noix, elle vendait ses produits.

– Chou blanc, jeune chou blanc ! lançait-elle. Chou blanc, beau chou blanc !

– Isabelle porte de nouveau ta jupe et ton corsage, murmura Beth assez haut, tandis que nous approchions.

Je m'empressai de la faire taire.

– Ils lui appartiennent à présent. Je les lui ai donnés. Tu ne dois plus parler de ça.

Elle me regarda, les yeux écarquillés, sans souffler mot.

Profitant de la présence de Margaret, nous envoyâmes les trois fillettes jouer plus loin afin de pouvoir parler tranquillement.

– Je suis vraiment contente de te voir ! commença-t-elle. Cette nuit, je n'ai pas cessé de penser à toi dans le cimetière et je n'ai pu fermer l'œil.

Je pris place près d'elle, sur le coffre, et elle me serra dans ses bras.

– Dis-moi, oh, dis-moi vite ce qui s'est passé, car je ne peux pas attendre plus longtemps – je brûle de savoir ! Mais, continua-t-elle d'une traite sans même reprendre son souffle, si tu dois me raconter une histoire de démons et de chiens noirs, alors, s'il te plaît, laisse de côté le pire sinon je ne pourrai plus jamais dormir !

En entendant ces mots, j'esquissai un petit sourire.

– Il n'y a ni démons ni chiens noirs dans mon histoire. J'ai survécu et je suis là.

– Alors quelles horreurs as-tu vues ?

– Aucune. Mais j'étais terriblement effrayée et je ne referai jamais une chose pareille – ah, ça, non ! –, même pour quatre pièces d'or.

– Et est-ce que l'homme qu'ils cherchaient à duper t'a crue ? A-t-il vraiment pensé qu'il parlait au fantôme de sa fille ?

– Oui, je crois…, répondis-je avec un petit hochement de tête.

Je m'interrompis, car une ménagère venait de s'arrêter devant nous. Elle ramassa un des choux et le palpa brutalement avant de le reposer en secouant la tête.

– Mais il s'est passé autre chose, repris-je dès que la femme se trouva hors de portée de voix. Quelque chose de si étrange que je me suis surprise à en dire plus que je n'aurais dû le faire.

Elle me regarda, intriguée.

– Qu'est-ce qui t'a poussée à agir ainsi ?

– Je ne sais pas du tout, répondis-je, c'était comme ça. Je suis apparue, revêtue de mes vêtements mortuaires, au moment précis où j'étais censée le faire. Le père de la fille m'a demandé pardon, j'ai récité les quelques mots de mon rôle, et puis… et puis, au lieu de m'évanouir dans la nuit, je me suis écriée qu'il était trop tard pour moi, mais qu'il fallait sauver la vie de la reine.

Isabelle s'écarta de moi et me jeta un regard étrange.

– Sauver la vie de la reine ?

J'acquiesçai d'un signe de tête avant de poursuivre :

– Au même moment, j'ai revu en imagination le flacon orné de pierres précieuses que j'avais déjà vu dans la boule de cristal. Les deux choses ont certainement un rapport, mais je ne sais pas lequel.

Isabelle secoua la tête.

– Je n'aime pas beaucoup ça.

– Moi non plus, répliquai-je en me tordant nerveusement les mains. Mais j'ai le sentiment que c'est à moi de faire quelque chose de ce message, qu'il est de mon devoir de le faire passer. C'est... oui, c'est un peu comme s'il avait été confié à ma garde.

– Qu'as-tu dit en réalité ? Quels étaient les mots exacts ?

Je n'eus aucun mal à me les rappeler.

– Il est trop tard pour moi, mais sauvez ma dame. Sauvez ma reine !

– Tu es bien sûre que tu parlais de la reine ?

Je hochai énergiquement la tête.

– Alice Vaizey était demoiselle d'honneur de la reine. Elle aurait sacrifié sa vie pour elle.

« Comme la plupart d'entre nous, si on le leur demandait », ajoutai-je en mon for intérieur.

– Et ton maître, le Dr Dee ? Semble-t-il disposé ou non à tenir compte de ce message ?

– Non. Ils s'imaginent tous les deux qu'il s'agit là

d'une simple lubie de petite fille. D'un désir de me rendre plus importante à leurs yeux.

– Bon.

Isabelle réfléchit un instant avant de reprendre :

– Ne peux-tu pas tout bonnement oublier ça ?

– J'essaye, répondis-je avec un petit sourire ironique. Mais je ne crois pas pouvoir m'en débarrasser.

La nuit suivante, je fis un nouveau rêve saisissant. Il ne concernait pas M'man, cette fois, mais notre reine en personne que je voyais étendue sur un lit tendu de rideaux de velours noir. Au-dessus d'elle était suspendu un bouclier en bois à ses propres armes, drapé de taffetas* noir. Douze jeunes filles étaient agenouillées autour de la couche royale, et le bruit de leurs sanglots, auquel se mêlait une musique solennelle, emplissait l'air. On ne pouvait se méprendre sur ces détails : notre souveraine était morte. Tandis que je la regardais, une des jeunes filles agenouillées se retourna pour me regarder droit dans les yeux, et je sus au plus profond de mon âme que c'était Alice Vaizey.

– Lucy, dit l'apparition, moi, je ne puis le faire, mais toi, tu dois sauver ma dame.

– Mais comment ? lui demandai-je. Personne n'écoutera jamais une servante de basse extraction.

– Essaye. Il le faut. Il faut que tu sauves ma reine ! répéta-t-elle d'un ton plus insistant.

Aujourd'hui encore, je me rappelle avoir cherché à

échapper au poids écrasant de cette responsabilité en tentant de quitter la salle où reposait le corps de la reine, je me rappelle avoir tant bataillé et pleuré pour partir que je finis par me réveiller.

Je réfléchis longuement à la question et, comme il se trouvait que le Dr Dee était seul ce matin-là, j'allai lui raconter mon rêve. Je m'étais dit qu'il y prêterait peut-être attention et m'en expliquerait la signification, car les riches citoyens de la ville, soucieux de savoir si tel ou tel rêve était ou non de bon augure, venaient régulièrement le consulter à propos de leurs songes. Mais mon patron était profondément absorbé dans la lecture d'un livre – un nouveau livre, capital, à ce qu'il semblait, qui venait d'arriver –, et il ne remarqua pas ou à peine ma présence dans la pièce jusqu'à ce que je me manifeste.

– Pardonnez-moi mon audace, monsieur, commençai-je en me plantant devant son bureau, mais j'ai fait un rêve qui, je crois, n'a rien d'anodin.

Il garda la tête baissée, se bornant à agiter une main pour me congédier.

– Ça concerne la reine, monsieur, et sa sécurité.

– Encore cette histoire ! répliqua-t-il en levant les yeux un bref instant. Je ne veux plus en entendre parler !

– Mais cela me semble être de la plus haute importance, monsieur, et dans mon enfance j'ai souvent fait des rêves qui…

Il ne m'écoutait pas. Il s'était déjà replongé dans sa

lecture. Bientôt, il se mit à tracer avec ses doigts une ligne imaginaire d'étranges symboles.

– Ce n'est pas la première fois que tu essayes ainsi d'attirer l'attention sur toi, dit-il soudain. Je te préviens, il n'y a plus d'argent à attendre de moi.

– Il ne s'agit pas d'argent! m'écriai-je, quelque peu indignée. Si je m'adresse à vous, c'est uniquement pour l'amour de notre reine!

– Hors d'ici! répliqua-t-il. Ou bien faut-il que je te renvoie de la maison, comme Mr Kelly le suggère?

J'ouvris la bouche pour m'expliquer avant de me raviser et de tourner les talons. Je venais de comprendre que les choses étaient exactement comme je l'avais toujours pensé: seuls les rêves des riches et des puissants étaient significatifs; ceux des servantes comptaient pour du beurre.

Une autre journée s'écoula avant que je pusse sortir pour tenter de voir Isabelle, et dans l'intervalle, je refis exactement le même rêve. Malheureusement, je ne la trouvai pas au marché ce matin-là. Une vieille femme qui vendait des tourtes finit par me dire qu'elle était chez elle à faire fondre des bouts de chandelle, mais qu'elle serait là le lendemain.

Une nouvelle nuit, cela voulait dire un nouveau rêve semblable en tous points aux précédents, et j'en vins à penser que je continuerais à faire ce rêve encore et encore jusqu'à ce que je fasse le nécessaire. Jusqu'à ce que je fasse le nécessaire... ou jusqu'à ce que la reine soit victime d'une terrible catastrophe...

Le lendemain matin, en me rendant au marché, je la trouvai cette fois à sa place habituelle, près du puits, mais au lieu de choux ou de brins de lavande, elle vendait à présent des chandelles de cire faites de bouts de vieilles bougies récupérés.

– Chandelles de cire blanche pour un penny ! criait-elle. Éclairez votre chemin avec de belles et bonnes chandelles blanches !

Je souris en approchant de son petit étal.

– Si une servante attendait assez longtemps ici, lui dis-je, elle te verrait vendre tout ce qu'elle a toujours rêvé d'acheter !

Elle rit et, tapotant son coffre, m'invita à m'asseoir dessus.

– Comment ça va ? demanda-t-elle d'une voix inquiète. Tu es toute pâle.

– À dire vrai, avouai-je, je suis dans un état quelque peu bizarre.

Et je lui racontai mes rêves quotidiens concernant la reine, ajoutant que je me sentais obligée de faire quelque chose, que je brûlais de faire quelque chose – mais quoi ? Je n'en avais pas la moindre idée.

– J'ai bien essayé de parler au Dr Dee, précisai-je, mais maintenant qu'il n'a plus besoin de moi pour sa mascarade, il m'ignore : quand je me trouve avec lui dans la bibliothèque, il fait comme si je n'étais pas là et quand je lui parle, il se donne encore moins la peine de m'écouter.

– Qu'est-ce que tu vas faire ?

– Que faire en vérité ? dis-je avec un petit haussement d'épaules.

– Peut-être devrais-tu tenir compte de ces rêves et
aller avertir la reine.

Je regardai Isabelle et ne pus m'empêcher de rire.

– Oh, bien entendu ! Je vais aller demander une
audience au palais. La reine me recevra gracieuse-
ment, m'offrira même un rafraîchissement, et je lui
raconterai alors toute l'histoire.

– C'est sans doute la seule solution, déclara Isabelle
d'un ton grave.

L'espace d'un instant, elle ferma les yeux comme si
elle réfléchissait dur.

– Es-tu certaine de n'être pas affligée du don de
voyance ?

Je secouai la tête avant de lui jeter un petit regard
en biais.

– Enfin…, avouai-je non sans embarras, eh bien, il
m'est arrivé de rêver de choses qui se sont réalisées
par la suite.

– Vraiment ?

– Dans mon enfance, oui.

– Tu ne t'es jamais demandé si le fait de venir vivre
dans la maison du magicien n'avait pas renforcé ce
don ?

Je fixai de grands yeux sur elle.

– Il y a autre chose, fis-je sans répondre à sa question. L'anniversaire d'Alice Vaizey tombe le même
jour que le mien.

– Ce qui signifie certainement qu'il existe un lien supplémentaire entre vous – si du moins les astrologues qui dressent les horoscopes ont raison.

Je restai silencieuse. Je méditais.

– Dans notre village, me confia Isabelle, vit une folle pleine de sagesse – une vieille femme qui tantôt prononce des paroles parfaitement sensées, tantôt débite des inepties. Un jour, elle m'a expliqué que les esprits des morts sont dans l'incapacité de quitter la terre s'il leur reste encore une tâche à accomplir.

Je regardai mon amie avec le plus vif intérêt.

– Et si Alice Vaizey, sentant que la reine est en danger, était justement incapable de quitter notre monde pour aller se fixer dans les régions supérieures ? poursuivit Isabelle.

– Une pareille chose serait-elle possible ?

– J'ai entendu dire que le voile séparant le monde d'ici-bas du monde surnaturel est mince comme une pelure d'oignon, et que parfois – aux moments difficiles –, il peut même disparaître complètement. Peut-être qu'en te faisant passer pour Alice Vaizey, tu as, d'une manière ou d'une autre, attiré à toi son esprit. Peut-être qu'elle essaye de s'exprimer à travers toi.

– À travers moi… ?

– Après tout, c'est bien ce que Mr Kelly fait… Donner des voix aux morts, non ? Ils parlent par son intermédiaire, n'est-ce pas ?

– En tout cas, il le prétend.

Pendant un bon moment, je réfléchis à cette hypothèse pour le moins fantastique.

– Même s'il en est ainsi, que puis-je faire ? demandai-je avec un regard d'impuissance avant d'ajouter : À moins que je ne puisse écrire à la reine pour l'avertir que je crois sa vie en danger…

Isabelle haussa les épaules.

– Sa vie est menacée en permanence par ceux qui veulent mettre sa cousine Mary Stuart sur le trône. En outre, ni toi ni moi ne sommes capables d'écrire une lettre méritant l'attention de la reine. On n'y verrait qu'un délire de folle furieuse et on l'écarterait aussitôt.

Je soupirai.

– De toute façon, je ne possède ni parchemin ni plume.

– Il faut donc que tu ailles demander une audience à la reine !

– Mais comment ?

– Il y a un moyen, déclara-t-elle. Vois-tu, quand Sa Majesté réside au palais de Richmond, elle passe chaque dimanche dans la salle d'audience, et c'est là que la foule se rassemble pour lui adresser des pétitions ou tout simplement pour poser les yeux sur elle et admirer quelques-unes des merveilles royales : meubles, tableaux et tapisseries de toute beauté qu'elle collectionne depuis le début de son règne.

– J'ai entendu parler de ça, dis-je. Mais tout le

monde peut-il s'y rendre ? Pourrais-je m'y rendre, moi aussi ?

Elle hocha la tête.

– Bien sûr. Et tu ne serais pas seule, car je t'accompagnerais. Je rêve depuis des années de voir l'intérieur du palais !

J'allais donc tenter d'adresser la parole à la reine... C'était là une idée redoutable. Mais si je voulais retrouver un jour un bon sommeil sans rêves de mort, il semblait que je n'avais pas le choix : je devais me rendre dès que possible au palais de Richmond.

Chapitre seize

Tout au long de la semaine suivante, Alice Vaizey se glissa dans mon esprit à la moindre occasion. La nuit, je rêvais d'elle, et pendant la journée, que je fusse occupée à jouer avec les enfants, à récurer casseroles et marmites avec du sable ou bien à écouter Mrs Midge admonester un malheureux commerçant, bref, à tout moment, j'avais l'impression qu'elle s'approchait de moi à pas de loup. Je croyais entendre sa voix chuchoter : « Alice, pauvre Alice ! » quand bruissaient les dernières feuilles des arbres, et, quand des chevaux passaient en faisant clip clop avec leurs sabots, je croyais l'entendre implorer : « Sauve ma dame ! » Elle était entrée dans mon existence et ne semblait pas disposée à en sortir.

Les jours raccourcissaient, le temps devenait froid et humide, et malgré les cordiaux et remontants de toutes sortes que la cuisinière lui avait préparés, la santé de Mrs Dee ne semblait pas s'améliorer. Aussi, dans l'espoir de la tirer de sa léthargie, Mrs Midge lui suggéra-t-elle de faire une petite excursion : pourquoi ne pas aller rendre visite à sa mère, la douairière, qui habitait toujours la demeure familiale de Greenwich ? Cette proposition n'aurait peut-être pas suffi à sortir Mrs Dee de sa torpeur si Mrs Midge n'avait été assez avisée pour ajouter que l'on pourrait peut-être aller chercher le bébé chez sa nourrice, lui permettant ainsi d'aller voir sa grand-mère maternelle en compagnie de ses sœurs. Le Dr Dee était de la partie, lui aussi, ce qui me surprit d'abord quelque peu. Mais j'appris bientôt des enfants que Mr Kelly s'était rendu dans le comté de Nottingham pour tenter de retrouver un trésor perdu (à l'aide de sa baguette divinatoire), et supposai donc que mon patron avait du temps de reste.

On loua un bateau et un batelier, car le voyage à Greenwich se faisait par voie d'eau, et il fut convenu que le Dr Dee et sa famille quitteraient Mortlake le samedi pour être de retour dans l'après-midi du lundi. L'embarcation ne pouvant transporter que cinq personnes, Mrs Allen serait la seule servante de la maison à participer à l'excursion. C'était là une excellente nouvelle pour moi, puisque je me trouvais ainsi libre de partir de mon côté.

Je demandai à Mrs Midge de me donner mon dimanche, lui expliquant que j'allais essayer d'entrevoir la reine et que j'espérais aussi admirer quelques-unes de ses jolies choses, et elle n'émit pas la moindre objection. Sans doute pensait-elle aux commères qu'elle inviterait à la cuisine pendant que la maison serait vide et aux gobelets de bière légère qu'elles partageraient tout en papotant et cancanant à qui mieux mieux.

Le vendredi, j'allai voir Isabelle au marché pour mettre au point notre plan définitif. Qu'allions-nous porter surtout ? C'était là la question la plus brûlante, car les gens se rendaient là-bas dans leurs habits les plus coûteux, avec leurs plus beaux bijoux, faisant assaut d'élégance : c'était à qui paraîtrait le plus riche et le plus à la mode. Isabelle me précisa en outre que les gardes du palais étaient très pointilleux et ne permettaient pas à n'importe qui de franchir les grilles, écartant d'emblée les mendiants, les miséreux et ceux qui sentaient mauvais.

Je humai l'air en riant sous cape.

— En ce cas, aujourd'hui, ils ne t'auraient pas laissée entrer ! m'écriai-je.

Ce jour-là, en effet, Isabelle avait un panier de harengs à vendre. Malheureusement, ces harengs venus de la cité par barge avaient voyagé pendant une bonne journée, aussi n'étaient-ils pas au maximum de leur fraîcheur.

Elle me regarda malicieusement.

— En tout cas, c'est une bonne affaire, car j'ai acheté les harengs au prix de dix pour un penny et je les vends un penny pièce ! Et ce soir, continua-t-elle, je me frictionnerai les mains avec de la saponaire, les

frotterai avec de l'eau de rose, et il n'y paraîtra plus !
Et demain, je serai habillée aussi élégamment que
tout un chacun.

Je ris, oubliant pour un instant la gravité de ma
mission.

– Moi aussi !

– Nous verrons des spectacles magnifiques, Lucy,
poursuivit-elle, car les gens qui se rendent au palais
feraient n'importe quoi pour attirer l'attention de la
reine. Il paraît que vêtements et bijoux sont si éblouis-
sants qu'on en est aveuglé.

– Et si nous ne sommes pas remarquées ? demandai-
je. Et si Sa Majesté passe près de nous sans s'arrêter ?
En effet, elle ne peut pas parler à chacun, n'est-ce pas ?
Supposons aussi qu'elle ne se sente pas bien ce jour-
là ou soit d'une humeur extravagante...

Isabelle leva la main pour m'interrompre.

– Eh bien, si tu crois dans la valeur du message que
tu apportes, il faudra que tu t'avances vers elle et que
tu saisisses ta chance.

– Je ne pourrais jamais faire une chose pareille ! dis-
je en la regardant d'un air consterné.

– Tu seras peut-être amenée à le faire, déclara-
t-elle, si tu ne veux pas être éternellement hantée par
la pauvre Alice.

Nous avions espéré arriver au palais en grand
apparat, mais aucun des chevaux que le frère d'Isabelle entraînait n'étant disponible le dimanche, il fallut nous résigner à y aller à pied. Dieu merci, il ne

pleuvait pas – ce qui eût été catastrophique pour nos tenues. Isabelle sortit donc de bon matin, vers sept heures, et prit le chemin du fleuve pour venir me chercher.

En ouvrant la porte de la cuisine, je ne pus retenir un cri de surprise.

– Mais tu as l'air d'une vraie dame! fis-je en fixant des yeux ébahis sur son costume.

Loin d'arborer une nouvelle tenue pourtant, elle portait le corps-de-jupe et le bas-de-jupe vert pomme que je lui avais donnés, mais elle les avait égayés d'un joli châle de dentelle dont elle avait orné le liseré de rubans de soie, et elle avait emprunté à une voisine un chapeau qu'elle avait agrémenté de fleurs et de feuilles glanées le long des haies.

– Tu es très élégante, toi aussi, dit-elle.

Et, très lentement, très cérémonieusement, nous nous fîmes la révérence avant de nous mettre à rire sous cape.

Je portais pour ma part la jupe et le corsage de lin marron que m'avait légués Mrs Dee, mais Mrs Midge, qui était assez douée pour la couture, m'avait montré comment garnir de soie jaune l'intérieur des manches du corsage et y tailler des crevés laissant apercevoir la doublure, selon la mode de l'époque. Comme je n'avais pas de chapeau, hélas, j'avais tressé mes cheveux en couronne, les fixant à l'aide d'épingles fantaisie empruntées à la cuisinière. Ainsi vêtues de nos plus beaux atours, nous retroussâmes nos jupes – et en route pour le palais de Richmond !

Le trajet le long du fleuve, qui nous prit environ une heure, se révéla très animé. À notre passage, en effet, de jeunes apprentis occupés à jouer dans la rue à la balle au pied délaissaient leur jeu pour nous crier des compliments, tandis que d'autres cognaient aux carreaux.

– Ma jolie ! lança l'un d'eux. C'est à ton mariage que tu te rends comme ça, ou ai-je encore ma chance ?

Quant au deuxième, après avoir émis un long sifflement, il s'écria :

– Je donnerais ma vie, je le jure, pour un seul baiser de ces beautés !

– Et moi, me chuchota Isabelle à l'oreille, je jure qu'à partir de maintenant, je me bichonnerai tout le temps, car on ne m'a jamais porté autant d'attention.

En approchant du palais de Richmond, nous fûmes surprises du nombre impressionnant de gens qui allaient dans la même direction que nous. Quelques rares personnes étaient en voiture attelée, plusieurs d'entre elles en litière ou bien dans des chariots tirés par des chevaux, mais la plupart des gens circulaient à cheval et surtout à pied. Nous les passions tous attentivement en revue, comparant nos tenues à celles des autres femmes et évaluant ici et là la coupe d'un pourpoint, le galbe d'une jambe, l'élégance d'un jeune homme pour finir par en trouver quelques-uns à notre goût.

— Est-ce que tu as réfléchi à ce que tu diras si... non, quand Sa Majesté te remarquera ? demandait Isabelle quand, soudain, les tours dorées du palais apparurent à l'horizon.

Je secouai la tête.

— Si l'esprit d'Alice Vaizey parle bien à travers moi, comme tu le penses, alors je m'en remettrai à elle. Alice saura à quel moment parler et ce qu'il faut dire.

— Excellente idée ! s'exclama Isabelle. Et, quoi qu'il en soit, toi et moi, nous aurons passé un beau dimanche, et ce sera une belle histoire à raconter ensuite à nos familles.

« Nos familles », pensai-je avec un pincement au cœur en me demandant comment les choses se passaient pour M'man et combien de temps s'écoulerait avant que je la revoie.

Tandis que nous approchions des immenses grilles en compagnie d'une vingtaine d'autres personnes, nous nous tûmes, un peu inquiètes à l'idée d'être examinées par les gardes sur toutes les coutures : et s'ils trouvaient qu'une chose ou l'autre nous faisait défaut ? Mais ces gardes, très élégants dans leur livrée rouge et violet, avec leurs hallebardes qui étincelaient comme des miroirs, semblaient assez cordiaux.

— Braves gens, dit l'un d'eux, vous allez devoir attendre un bon moment, car le dimanche, Sa Majesté ne se met pas en train de très bon matin.

— À votre avis, vers quelle heure avons-nous des chances de la voir ? eus-je l'audace de demander.

– Le plus souvent, c'est vers onze heures que la reine fait son apparition dans la salle d'audience, répondit le garde après nous avoir passées en revue et nous avoir adressé un petit clin d'œil en signe d'approbation.

Je lançai à Isabelle un regard à la fois excité et effrayé. Encore deux heures à attendre...

Tandis que nous franchissions les grilles, esquivant les camelots qui vendaient rubans et colifichets, je regardai autour de moi avec stupéfaction, car le palais, infiniment plus vaste qu'il semblait l'être vu du fleuve, était entouré d'autres bâtiments, de moindre importance, que je n'avais encore jamais eu l'occasion d'observer. Nous n'eûmes guère le loisir de nous émerveiller devant les proportions majestueuses du palais ou la beauté des jardins, car on nous fit bientôt gravir un escalier de marbre, franchir un double jeu de portes, et enfin parcourir un long corridor menant à une immense salle – que dis-je ? Une salle dont la taille dépassait l'imagination ! Elle était plus grande, en vérité, que l'intérieur de toutes les églises que j'avais jamais vues, peut-être même plus grande que ces églises qu'on appelle cathédrales. En pénétrant dans cette salle, éclairée par une multitude de fenêtres – certaines en verre de couleur, les autres ordinaires, en verre uni – et décorée de bannières de soie brillante, on avait l'impression de pénétrer à l'intérieur d'un château de conte de fées.

Je levai les yeux, haut, très haut, car le plafond se

trouvait à une distance considérable au-dessus de nos têtes, et remarquai – ô merveille des merveilles ! – qu'il était d'un beau bleu saphir parsemé de soleils, de lunes et d'étoiles d'or.

– Oh… oh ! s'écria Isabelle, très impressionnée, elle aussi, en m'agrippant par le bras.

Et nous restâmes un long moment plantées là à contempler le plafond et à tourner sur place jusqu'à en avoir presque le vertige. Il fallut que les gardes nous somment de circuler pour faire place aux autres pétitionnaires qui entraient dans la salle d'audience.

Tout était absolument superbe : les compositions de feuilles et de fleurs, très haut placées dans les embrasures des fenêtres ; l'allée centrale dont l'accès était défendu et où l'on avait déroulé un tapis rouge, alors que le reste de la salle était simplement jonché d'herbes et de roseaux.

Il y avait un afflux croissant de visiteurs : ils s'installaient par terre, ajustant leurs tenues, réépinglant leurs corsages à leurs jupes ou lissant leurs cheveux. Les uns tenaient à la main des rouleaux de parchemin – leurs pétitions, supposai-je –, tandis que d'autres portaient sous le bras de petits coffrets. Isabelle et moi, nous passâmes quelque temps à spéculer sur la nature des trésors qu'ils contenaient éventuellement, car nous avions entendu dire que Sa Majesté aimait à la folie les bijoux – à tel point qu'il arrivait à certains de ses sujets de se ruiner pour lui offrir une belle épingle de diamant ou une fantaisie émaillée de pierres précieuses – dans l'espoir de gagner ses bonnes grâces.

Une fois installées le plus près possible des cordes – là d'où l'on avait la meilleure vue –, nous regardâmes autour de nous. Comme Isabelle me l'avait annoncé, l'impression d'ensemble était saisissante : s'il y avait dans la salle quelques pauvres gens dans leurs simples habits du dimanche, et même deux ou trois puritains sévèrement habillés de noir et de blanc, les robes des femmes – encombrantes comme des roues de charrette – étaient pour la plupart de véritables débauches d'étoffes aussi splendides que précieuses : panne de velours et lainage de première qualité, mousseline et taffetas, satin et dentelle, et ce, dans les coloris les plus improbables : magenta, mandarine, écarlate, violet et ocre. Elles portaient autour du cou des colliers de toutes sortes, et la majorité d'entre elles avaient de magnifiques collerettes en dentelle qui montaient très haut par-derrière – jusqu'aux oreilles –, et plongeaient très profond par-devant – jusqu'à dénuder presque complètement (dans un cas au moins) les seins.

Les hommes étaient habillés de manière presque aussi extravagante : ils portaient des pourpoints de velours aux couleurs vives (bleu, vert ou écarlate) richement brodés de fleurs et fermés par des brandebourgs* sophistiqués, d'où émergeaient des chausses de soie qui disparaissaient à leur tour dans des bottes en cuir souple de toutes les nuances de l'arc-en-ciel.

Ce spectacle éblouissant nous laissait presque sans voix, Isabelle et moi. Voilà donc à quoi ressemblait l'intérieur d'un véritable palais ; voilà donc comment les sujets les plus fortunés de Sa Majesté s'exhibaient en public.

– C'est la première fois que vous venez au palais ? demanda un homme assez jeune assis à mes côtés qui portait un surprenant chapeau rouge plus couvert de plumes qu'un poulet.

– Oui, répondis-je avec un petit hochement de tête. Et vous ?

– Juste Ciel, non ! s'exclama-t-il. Je suis ici presque tous les dimanches dans l'espoir que le Ciel et Sa Majesté me souriront.

– Vous a-t-elle déjà souri ? interrogea Isabelle.

– Pas encore, répliqua-t-il en roulant les yeux et en faisant semblant de s'éventer. Mais chaque dimanche je vis dans cet espoir.

– Et si c'était le cas, que se passerait-il ?

– Si Sa Majesté daigne me remarquer et si je lui adresse une réplique amusante ou pleine d'esprit ou lui chante une belle chanson, il se peut qu'elle me propose un emploi.

– Une place à la cour ? demandai-je. Mais à quel titre ?

– Oh, à n'importe quel titre ! répondit-il avec désinvolture. Joueur de cartes, joueur de luth, ménestrel ou poète... Je peux aussi me contenter de présenter une jambe bien tournée en dansant ou d'impressionner avec mes manières italiennes. Je sais faire tout cela mais je n'ai pas de protecteur pour défendre ma cause, aussi suis-je obligé de compter sur mes seuls talents.

Sur ce, il tapota son pourpoint en velours aux couleurs des Tudors, rouge et vert, puis ôta son chapeau qu'il fourra sous son bras.

– J'ai passé mes journées à répéter mes compliments à la reine, car j'ai l'intention, advienne que pourra, de gagner ses faveurs.

– Nous vous souhaitons bonne chance, dis-je.

Il s'éventa à nouveau.

– J'obtiendrai un emploi à la cour, dussé-je y perdre la vie ! déclara-t-il, et nous ne sûmes que répondre.

Les deux heures d'attente dans la salle d'audience passèrent en un éclair. En vérité, j'aurais pu rester là un mois entier sans me lasser à observer les dandys et les belles dames, et – peut-être davantage encore – ceux qui se croyaient d'une élégance irrésistible et minaudaient pour ne s'attirer que des regards moqueurs. Mais nous finîmes par entendre le son encore lointain des trompettes, et bientôt, une onde d'excitation fiévreuse parcourut la salle d'audience : on murmurait que Sa Majesté était en route.

Isabelle et moi nous trouvions à peu près au milieu de l'immense salle, aussi pouvions-nous suivre des yeux le long corridor que nous avions emprunté deux heures plus tôt et qui était maintenant bordé d'une triple ou quadruple rangée de spectateurs. Les gens assis par terre se levaient, puis, presque aussitôt, s'agenouillaient ou courbaient la tête afin de se préparer à recevoir la bénédiction de la reine.

Les trompettes retentirent à nouveau.

– Je la vois ! m'écriai-je en plissant les yeux pour tenter de la distinguer derrière une centaine de têtes. Elle porte du blanc et de l'argent.

– Une merveilleuse robe dans un tissu couleur de lune, dit Isabelle d'une voix entrecoupée en balançant la tête d'un côté, puis de l'autre.

– Ses tons préférés, commenta le jeune homme au chapeau à plumes. Le blanc, symbole de sa virginité, et l'argent pour rehausser son statut de reine.

– Et il y a une quantité de demoiselles d'honneur ! m'exclamai-je. Elles suivent ma dame deux par deux.

– Il n'y a pas très longtemps, une de ces audacieuses demoiselles s'est enfuie pour épouser un coureur de dot, chuchota le jeune homme en tentant de se frayer un chemin à travers la foule dans l'espoir d'arriver jusqu'à la corde – le meilleur endroit pour attirer l'attention de la reine.

Je ne quittais pas Sa Majesté des yeux. À plusieurs reprises, elle s'arrêta pour parler à différentes personnes, invitant quelques-unes d'entre elles – une petite poignée – à prendre place dans le cortège de jeunes filles et de courtisans qui la suivait.

Enfin, les trompettistes jouèrent une fanfare dans la salle d'audience, et, le cœur étreint par l'émotion, j'agrippai la main d'Isabelle. Dès que la reine entra, balançant sa robe à vertugadin avec la grâce majestueuse d'un navire à la voilure complète, un grand cri éclata aussitôt : « Dieu sauve Sa Majesté ! »

– Je vous remercie, mes bons et fidèles sujets, répondit-elle aimablement.

Il y eut un moment de silence émerveillé avant que les gens placés au premier rang ne commencent à crier :

– Sa Majesté puisse-t-elle daigner m'accorder une place à la cour afin de me permettre de la servir !

– Votre Majesté, veuillez écouter ma pétition, je vous prie !

– Ma bonne reine ! J'ai travaillé toute ma vie et je suis à présent sans ressources !

– Votre Majesté, mon enfant mourra si vous ne m'aidez pas !

Doléances, prières et requêtes se succédaient. Oh, c'était à faire fondre le cœur de l'homme le plus endurci ! Mais sans doute Sa Majesté les avait-elle déjà toutes entendues, car elle passait le plus souvent sans s'arrêter, hochant la tête avec courtoisie, acceptant à l'occasion un rouleau de parchemin ou un cadeau, distribuant à chacun des sourires et répétant : « Soyez bénis, mes bons et fidèles sujets ! » tout en agitant la main en signe de bénédiction. Elle désigna encore ici et là quelques heureux élus qui passèrent de l'autre côté des cordes pour rejoindre le petit groupe dans son sillage. Ils étaient gonflés d'orgueil.

La reine se rapprochait de nous, lentement, et je n'avais toujours pas la moindre idée de ce que je pourrais lui dire, car l'excitation suscitée en moi par le seul fait de me trouver en sa présence semblait avoir fait le vide dans ma tête. Elle se tenait maintenant debout devant l'endroit où nous étions agenouillées, et je commençai à embrasser du regard les moindres détails de sa toilette. Sous sa collerette ondoyante, qui s'épanouissait en éventail de chaque côté de sa tête, apparaissait une robe blanc et argent, comme je l'avais déjà noté. Le tissu de cette robe était presque entièrement recouvert ou plutôt incrusté de broderies, de bijoux précieux (perles en forme de poire, chaînes d'argent, diamants étincelant de tous leurs feux, etc.) ou d'un mélange des deux. Autour de la taille elle portait une ceinture d'argent ornée de turquoises à laquelle étaient suspendus de minuscules objets plus exquis les uns que les autres : un diffuseur de parfum, des ciseaux d'argent, quelques clefs, un miroir miniature et enfin, un objet rond que je savais être une montre de gousset. À dire vrai, la seule idée que la reine d'Angleterre se tenait là, devant moi, me semblait encore plus stupéfiante à mes yeux que sa rayonnante présence.

Le jeune homme au chapeau emplumé, qui s'était rapproché des cordes à tel point que ses pieds frôlaient le tapis rouge, se mit à crier :

– Votre Majesté ! J'ai composé un chant en hommage à votre beauté !

La reine, dont la chevelure d'un roux flamboyant faisait ressortir la pâleur de givre de son visage, s'arrêta et lui sourit.

– Alors il faut que vous veniez nous la chanter! répondit-elle d'une voix claire et pure.

– Oh! me souffla Isabelle à l'oreille. Maintenant, Lucy. Elle est tout près de nous. C'est le moment de lui parler.

J'ouvris la bouche, mais en vain: elle était comme desséchée. L'idée même d'adresser la parole à la reine d'Angleterre m'intimidait tant qu'il m'était impossible, même au prix de ma vie, de proférer un seul mot. J'avais – peut-être – deux secondes pour agir, mais le temps d'un battement de cœur, Sa Majesté était déjà passée devant nous.

– Oh! murmurai-je, consternée. C'était ma seule chance d'entrer au service de la reine, et je ne l'ai pas saisie.

Voyant ma détresse, Isabelle me pressa affectueusement la main.

– Ça ne fait rien.

– Je n'ai pas osé, commençais-je quand, soudain, un éclat de rire jaillit du corridor, et un bouffon – un éclair de soie jaune – déboula dans la salle d'audience pour se lancer dans une éblouissante série de sauts périlleux. La foule applaudit en rugissant de plaisir; la reine elle-même se retourna pour lui adresser un sourire.

Il s'arrêta à deux pas de l'endroit où Isabelle et moi

nous tenions. Il portait un bonnet à clochettes et un masque pailleté sur la partie supérieure de son visage, mais je pouvais toujours voir ses yeux, d'un gris argent très pur.

– Tom-le-fou ! chuchotai-je.

Le bouffon, qui n'avait pourtant donné aucun signe qu'il m'avait entendue, tendit alors le bras vers la reine :

– Voyons, madame la reine, dit-il, vous avez manqué deux très jolies jeunes filles !

La reine Elizabeth se retourna pour regarder ses pétitionnaires et, nous voyant, Isabelle et moi, elle nous fit signe avec un sourire de rejoindre son cortège...

Chapitre dix-sept

La suite royale avait un peu avancé, puis s'était arrêtée pour permettre à la reine de s'adresser à quelqu'un. Quand nous rejoignîmes la queue du cortège en nous tenant étroitement par la main, j'avais les jambes qui tremblaient. Nombre de gens dans la foule nous dévisageaient avec un mélange d'envie et de curiosité. Nul doute qu'ils se demandaient pourquoi diable nous étions là. Je commençai moi-même à tenter d'élaborer une réponse pertinente à cette question pour me préparer à l'instant crucial où la reine m'adresserait la parole.

– Pourquoi le bouffon nous a-t-il choisies ? demanda Isabelle à voix basse en me lançant un regard étonné.

– C'est Tom-le-fou ! répliquai-je.

– Tom-le-fou ? N'est-ce pas le nom du singe des enfants du Dr Dee ?

– Oui, en effet. On a donné au singe le nom du vrai Tom-le-fou, le bouffon de la reine, qui s'appelle en réalité Tomas. C'est ce même Tomas – tu te souviens de mon histoire ? – qui m'a dénichée dans la cheminée de la bibliothèque du Dr Dee.

– Ah, oui ! s'exclama Isabelle, ravie, avec un grand sourire.

La reine et sa suite avancèrent encore de quelques pas pour s'arrêter à nouveau.

– Que vais-je dire à Sa Majesté ? murmurai-je à l'oreille d'Isabelle. Par quoi puis-je commencer ? Je ne veux surtout pas que quiconque s'imagine que j'ai le don de voyance et me prenne pour une sor...

– Ne prononce pas ce mot ici ! se hâta de dire Isabelle. Tu dois avertir Sa Majesté, ajouta-t-elle après un instant de réflexion, que tu as rêvé qu'elle courait un grave danger.

– Sans faire la moindre allusion à ce qui s'est passé dans le cimetière ?

Isabelle secoua la tête.

– Non. Je crois qu'il vaut mieux ne pas parler de ça.

Sur ce, je me mis à répéter mentalement les paroles que je comptais adresser à la reine : « Votre Majesté, depuis quelque temps, je fais toujours le même rêve... » Non ! C'était là une phrase bien trop insignifiante ! Mais comment traduire le sentiment que j'avais de l'importance décisive de mon message ?

Quand Sa Majesté et sa suite furent arrivées tout au bout de la salle d'audience, les gardes ouvrirent deux grandes portes, et nous passâmes tous dans une autre salle. Celle-ci était beaucoup plus petite que la précédente. Elle était ornée d'un grand nombre de portraits et comportait plusieurs alcôves dans lesquelles des sièges garnis de coussins étaient disposés en demi-cercle. Au fond de la pièce, on apercevait, dressé sur une estrade, un fauteuil doré richement décoré, et, légèrement sur la droite, une porte dont l'ouverture était barrée par les hallebardes croisées de deux gardes en uniforme rouge chamarré de violet. On distinguait à travers une troisième salle encore plus petite et plus intime, semblait-il, que celle où nous nous trouvions.

Spontanément, sans même y être incités, les gens se répartirent en petits groupes. Quelques-unes des suivantes de la reine prirent place sur des coussins et se mirent à broder, à jouer à des jeux de société ou à chanter un rondeau. Dans l'une des alcôves, il y avait une harpe dont une jeune fille – une certaine Kat Ashley que l'on nous présenta comme la demoiselle d'honneur de confiance de Sa Majesté – commença à jouer très doucement. Isabelle et moi nous tenions à côté d'un vieux couple qui semblait aussi intimidé que nous de se trouver là. L'homme avait sans doute une pétition à présenter à la reine, car il avait entre les mains un parchemin que, dans son anxiété, il ne cessait de dérouler et d'enrouler.

Sa Majesté circulait à travers la pièce, écoutant les requêtes des gens ou les présentant à l'un ou l'autre des ministres qui l'entouraient. J'observai attentivement ces hommes, me demandant si Robert Dudley – dont tout le monde louait la rare beauté – était de leur nombre. Mais bien que chacun des gentlemen fût somptueusement vêtu, je n'aurais su dire si l'un d'eux avait un visage nettement plus avenant que ses compagnons, car ils me semblaient tous d'un âge vénérable. Un clerc apporta à Sa Majesté une plume et de l'encre, et elle signa en souriant un ou deux documents, mais secoua la tête en signe de dénégation devant les autres, laissant les pétitionnaires repartir découragés.

Je cherchai anxieusement des yeux Tomas. L'apercevant enfin à l'autre bout de la pièce où il était occupé à jongler avec des balles de couleur, je priai le Ciel qu'il s'approche. Il ne m'avait tout de même pas choisie pour m'ignorer ensuite.

Un long moment s'écoula, après quoi Sa Majesté, laissant là deux pétitionnaires, fit signe à la harpiste de cesser de jouer. Elle avança alors vers l'homme au chapeau à plumes, qui lui adressa un salut on ne peut plus cérémonieux, s'inclinant si profondément que son nez balaya presque le sol.

– Eh bien, chantez pour nous! lui dit-elle une fois qu'il se fut redressé.

Il s'exécuta aussitôt, s'agenouillant derechef devant la reine pour entonner un air de son cru sans accompagnement musical mais avec un luxe invraisemblable de gestes à la préciosité grandiloquente. Le malheureux chantait si faux et exprimait des sentiments si banals que les auditeurs se retenaient à grand-peine de rire.

Cependant, après l'avoir écouté jusqu'au bout, Sa Majesté permit à l'homme au chapeau rouge de lui baiser la main, puis elle se pencha pour lui chuchoter à l'oreille quelque chose qui le fit rougir et sourire. Il sortit à reculons en s'inclinant à chaque pas, et je me dis que la reine devait être une femme profondément bonne pour le renvoyer avec un semblant d'espoir.

Il s'écoula encore dix bonnes minutes avant que la reine s'approche de nous. Quand elle se tourna dans notre direction, je demeurai figée sur place, terrifiée à l'idée que ma langue reste à nouveau collée à mon palais et que je sois incapable de dire un seul mot sensé. Mais ce fut alors que l'étrange chaleur qui m'avait déjà envahie dans le cimetière s'empara une seconde fois de moi. Je regardai la reine s'avancer vers nous, et ce ne fut pas Gloriana, c'est-à-dire une figure presque sacrée, que je vis en elle, mais une véritable femme, aimée et révérée. Je me rendis alors compte qu'Isabelle n'était pas à mon côté. Je découvrirais par la suite que Tomas l'avait emmenée dans l'une des alcôves en lui enjoignant de m'y attendre.

Sa Majesté, la reine Elizabeth, s'arrêta près de moi, et je m'abîmai dans une profonde révérence. Elle me tendit sa main couverte de bagues pour m'aider à me redresser et, quand je levai les yeux, ce fut pour prendre l'exacte mesure des moindres détails de son apparence. J'avais devant moi une femme d'âge moyen, avec des rides autour des yeux et de la bouche. Elle avait recouvert son visage d'une fine couche de blanc de céruse*, qui parvenait à dissimuler presque complètement les anciennes cicatrices de la petite vérole. Ses lèvres étaient passées au rouge, et son abondante chevelure, d'un bel auburn brillant sans la moindre trace de gris, était haut relevée et entrelacée de torsades de perles. De fines chaînes d'or auxquelles était suspendu un seul et unique rubis flamboyant soulignaient la noblesse du front dégagé.

Tomas apparut. Il portait toujours son masque pailleté et son bonnet de bouffon qui descendait très bas et lui cachait en partie la figure, et je ne pus discerner sa véritable apparence et donc, trouver par moi-même la réponse à la fameuse question que j'avais posée à Beth et Merryl au sujet de sa beauté. Cette question restait irrésolue.

– Ma royale dame, ma reine, dit-il en s'inclinant jusqu'à terre devant elle, ce qui fit tinter la clochette accrochée à son bonnet.

– Ah, c'est notre fou ! s'exclama la reine en se retournant pour lui adresser un tendre sourire.

– Pardieu, répondit-il en acquiesçant d'un signe de tête, il est certain que je suis assez sage pour jouer le rôle du fou.

– Tu as manifesté le désir que je rencontre cette petite servante, dit la reine.

Tomas se tourna vers moi.

– Oui, répliqua-t-il, car je savais que si elle venait un jour à la cour, ce serait pour une raison bien particulière. Je puis vous assurer, en effet, qu'elle a à cœur le bien-être et le bonheur de Votre Majesté.

Je hochai ardemment la tête.

– Tom-le-fou dit vrai, Votre Majesté.

– Alors, parle, mon enfant.

– Je suis servante dans la maison de votre magicien…, commençai-je après avoir inspiré profondément.

– Tu travailles pour le Dr Dee ?

– Oui, Votre Majesté. Je m'occupe de ses enfants.

– Ce bon Dr Dee ! s'exclama-t-elle en souriant. Nous sommes déjà convaincue que tu parles dans notre intérêt, car il n'est aucun homme en qui nous mettions davantage notre confiance.

J'hésitai.

– Ce que j'ai à vous dire vous semblera peut-être sans grande importance, mais je sens que je dois vous faire part d'un rêve qui m'a beaucoup troublée ces derniers temps.

Mais la reine avait l'air ailleurs et ne semblait pas évaluer mes paroles à leur juste mesure.

– Puisque tu appartiens à la maisonnée du Dr Dee, dit-elle avec un certain enjouement dans la voix, tu dois savoir qu'il nous a envoyé aujourd'hui un certain élixir.

– Aujourd'hui ? demandai-je, interloquée. Il vous a envoyé quelque chose aujourd'hui ?

Acquiesçant d'un signe de tête, elle se dirigea vers la porte de la pièce qui faisait partie, comme je l'avais deviné, de ses appartements privés. Quand nous en franchîmes le seuil derrière elle, Tomas et moi, les gardes levèrent leurs hallebardes et baissèrent la tête. Cette pièce était beaucoup plus petite, plus chaleureuse et plus douillette que la précédente. Un bon feu brûlait dans l'âtre, et des tapisseries couleur feuillemorte réchauffaient les murs.

La reine s'approcha alors d'une table sur laquelle était posé un coffret de chêne sculpté qu'il me sembla reconnaître : n'était-ce pas celui-là même où le Dr Dee serrait ses livres les plus précieux ? Mais quand Sa Majesté en souleva le couvercle, je notai que le coffret ne contenait qu'une seule chose : un flacon orné de pierres précieuses bleues : turquoises, saphirs et aigues-marines plus claires. À la vue de cet objet, je frissonnai au plus profond de mon âme, non pas en raison de sa magnificence, mais parce que c'était précisément le flacon qui m'était apparu dans la boule de cristal et dont j'avais ensuite rêvé.

– As-tu déjà vu cet objet ? me demanda la reine en prenant le flacon dans le coffret.

Je hochai la tête, comme envoûtée.

– Il contient quelque chose…, poursuivit la reine tout bas, sur un ton confidentiel, un breuvage que le Dr Dee a mis des années à élaborer et que nous sommes impatiente d'absorber.

Sur ce, elle éleva le flacon à la lumière pour mieux

voir la minuscule quantité de liquide qui se trouvait au fond.

– Une si petite quantité, mais ô combien précieuse, ajouta-t-elle.

J'avais la bouche sèche. J'entendis soudain Alice Vaizey chuchoter à mon oreille : « Sauve ma reine ! »

– Votre Majesté, dis-je, la voix tremblante, avant que vous ne buviez ce liquide, je suppose que votre goûteur avalera la première gorgée ?

Les yeux de la reine s'assombrirent.

– Depuis que notre chère demoiselle d'honneur, notre douce Alice, est morte, nous avons perdu notre goûteur d'élection.

– Alice Vaizey était votre goûteur ? demandai-je, abasourdie.

– Et la voilà morte à présent, commenta Tomas d'une voix triste. Ah, depuis sa mort, le monde n'a plus jamais été joyeux.

– En outre, continua la reine, le bon docteur nous a donné une quantité si infime d'élixir que si quelqu'un le goûtait, il n'en resterait plus une goutte !

Elle m'adressa un sourire presque imperceptible, et je courbai la tête. Comment m'eût-il été possible de la contredire ?

– Bouffon ! cria soudain quelqu'un de l'autre salle. Viens nous divertir avec tes culbutes et tes sauts périlleux !

Tomas regarda la reine d'un air interrogateur.

– Oui, va donc amuser Leurs Seigneuries, dit-elle en lui faisant signe de partir.

Tomas sortit de la pièce à reculons sans cesser de saluer, puis, une fois arrivé à la porte, exécuta une gracieuse pirouette.

Je sus que je devais essayer à nouveau de convaincre la reine.

– Vous dites que vous avez reçu le flacon aujourd'hui, Votre Majesté ?

Elle me regarda en hochant la tête.

– Il faut que je vous dise que le Dr Dee est parti hier par bateau pour Greenwich et qu'il a passé la nuit là-bas. Il ne se trouvait pas à Mortlake ce matin et n'a donc pu vous faire porter quelque chose.

Sa Majesté ne m'écoutait pas. Elle avait déjà ôté le bouchon du précieux flacon.

– Hem ! fit-elle gaiement. Peut-être l'a-t-il envoyé avant de s'en aller.

– Mais c'est impossible ! rétorquai-je. Ils ont quitté la maison hier, juste après le petit-déjeuner. Il n'en a pas eu le temps !

Elle éleva de nouveau le flacon en l'air, le tournant et retournant sans fin et s'extasiant sur la façon dont les pierres captaient la lumière, une à une, pour étinceler de tous leurs feux. À mon avis, elle n'avait pas vraiment enregistré ce que je lui avais dit à propos de l'absence du Dr Dee, tant elle était absorbée par le flacon et impatiente de boire son contenu.

– Une babiole de grand prix que ce flacon, dit-elle. Et tout à fait digne du précieux liquide qu'il contient.

Tandis qu'elle parlait, je me tenais immobile devant elle, pétrifiée d'horreur, me préparant à l'inévitable et comptant les secondes qui lui restaient à vivre avant qu'elle ne boive le fatal poison. Elle porta le flacon à ses lèvres. Je regardai la bouche royale s'ouvrir, la bouteille s'incliner et les pierres précieuses chatoyer, et, soudain, j'entendis dans mon for intérieur une voix crier : « Sauve ma reine ! »

Ces mots – les mots d'Alice Vaizey – me perçaient le cœur. La voix était si pressante, le cri si angoissé que, sans même avoir conscience de ce que je faisais, je bondis en avant et arrachai le flacon des mains de la reine.

– Non ! hurlai-je. Votre Majesté ! C'est de ce flacon que j'ai rêvé !

Presque aussitôt, les deux gardes postés à l'entrée traversèrent précipitamment la pièce, et je ne perçus plus qu'une masse confuse de rouge et d'or.

– Trahison ! lança le premier garde.

Quant à l'autre, il me poussa avec une telle violence que je tombai lourdement, douloureusement sur les genoux – au point que je me demandai tout d'abord si je ne m'étais pas brisé les rotules – avant de m'écraser au sol, le souffle coupé. On m'arracha la fiole des mains, et je me retrouvai sans tarder debout, flanquée de deux gardes.

Je me rendis alors compte non sans effroi que la

foule restée dans la salle extérieure s'était rassemblée pour me dévisager avec horreur, et – bien pire – que la reine en personne, pour laquelle j'aurais donné ma vie, avait la même expression offusquée. Elle recula d'un pas, puis d'un autre avant de s'effondrer sur un coussin comme si ses jambes ne pouvaient plus la porter.

– Emmenez-la, dit-elle d'une voix tremblante, emmenez-la...

Les deux gardes m'empoignèrent chacun par un bras et me firent sortir de force en me tirant et traînant derrière eux comme un sac de pommes de terre. J'eus tout juste le temps d'entrevoir à travers mes larmes l'expression incrédule de Tomas et la bouche grande ouverte d'une Isabelle en état de choc. Après quoi, sans ménagement, ils me firent descendre deux volées de marches, traverser une cave et parcourir une série de sombres corridors avant de me jeter dans une pièce froide et humide dont la porte claqua derrière moi. Une « pièce », dis-je, mais c'est un bien grand mot, car la pièce en question ne renfermait aucune des commodités qu'on attend d'un tel endroit: ni mobilier, ni fenêtre laissant entrer la lumière, hormis une petite ouverture garnie de barreaux, beaucoup trop haute pour que l'on puisse regarder au travers. En réalité, c'était un cachot.

Je pleurai pendant de longues minutes, terrorisée à l'idée du sort qui m'attendait peut-être. Je savais très bien quel était le châtiment réservé à ceux qui avaient osé toucher la personne physique de la reine, et, bien que j'eusse commis ce délit pour une noble raison, je ne pouvais m'empêcher de trembler en pensant à toutes les histoires que l'on m'avait racontées. Combien d'honnêtes et sincères citoyens emmenés à la Tour de Londres et soumis à la question n'avaient-ils pas fini par avouer des forfaits dont ils étaient innocents à seule fin qu'on cesse de les torturer ! En outre, j'étais terriblement inquiète à l'idée que Sa Majesté goûte au fatal élixir.

Je m'obligeai à cesser de pleurer et m'essuyai la figure sur ma robe avant de reprendre suffisamment de forces pour gagner clopin-clopant la porte (car mes genoux me faisaient toujours mal) et la frapper du poing.

– Laissez-moi sortir ! Laissez-moi sortir ! hurlai-je encore et encore en cognant la porte à coups redoublés jusqu'à ce que mes jointures soient à vif et ma voix à nouveau pleine de larmes.

Momentanément vaincue, je m'écroulai sur le sol. Mais bientôt, entendant un rat filer près de moi, je me relevai et recommençai à frapper du poing la porte.

– Il y a des rats ! m'égosillai-je.

En vain. Aucune réponse ne me parvint sinon l'écho de ma voix qui résonnait à travers l'espace vide du cachot. Tant bien que mal, je me mis à arpenter la cellule de long en large, en partie pour me réchauffer, en partie pour essayer de chasser les bestioles en les effrayant par mes mouvements continuels. Tout en marchant, je ne cessais de crier, aussi n'entendis-je rien – ni le bruit de pas dans le corridor, ni le glissement d'un judas que l'on ouvrait. Et soudain, le nez rouge et la barbe grisonnante d'un gardien apparurent.

– Qu'est-ce que c'est ? T'auras à manger quand c'est qu'ils y penseront, dit une voix bourrue.

– Mais je ne veux pas manger ! m'écriai-je (c'était bien la dernière chose qui me serait venue à l'esprit !). Je dois absolument parler à quelqu'un. Je dois parler au bouffon de la reine !

– Ha, ha ! railla la voix. Tu dois…, vraiment ? Et tout de suite ?

J'entendis un léger bruit de raclement signalant que le gardien refermait le judas, et je me hâtai de dire :

– S'il vous plaît ! J'ai quelque chose à vous donner !

– Quoi donc ? demanda-t-il d'une voix où perçait soudain un certain intérêt.

Je tâtai mon corsage, car j'y avais caché mon groat avant d'entrer dans le palais, sachant bien de quoi aurait l'air une aussi pauvre chose au milieu de la débauche d'or et d'argent que nous y verrions.

– Ça, dis-je en retirant de sa cachette ma pièce de monnaie. S'il vous plaît, portez ce groat au bouffon de la reine – plus exactement à Tomas, si vous le connaissez – pour lui rappeler que je suis et que je serai toujours la servante la plus fidèle et la plus aimante de Sa Majesté.

Tout en parlant, je glissai la pièce à travers le judas et notai qu'il la regardait avec mépris.

– Je sais que ce n'est qu'une humble chose, continuai-je, mais elle représente beaucoup pour moi. Et, oh! dites aussi à Tomas, s'il vous plaît, qu'il doit faire examiner l'élixir par un apothicaire avant que la reine n'y goûte. C'est très important!

– Hein? fit le gardien, et je me demandai dans quelle mesure il avait compris ce que je lui avais expliqué.

– S'il vous plaît! l'implorai-je. Tomas veillera à ce que vous soyez récompensé!

Cette fois, il avait compris, semblait-il – et pour cause! –, car il prit le groat et referma le judas sans répondre.

– Il faut absolument qu'il teste l'élixir! criai-je à nouveau en priant le Ciel que le gardien eût perçu d'une manière ou d'une autre l'urgence de mon message et ne gardât pas pour lui le groat, ce qui eût été absurde, vu la somme dérisoire qu'il valait.

En attendant son retour, je recommençai à arpenter ma cellule en versant de temps à autre des larmes, et, après ce qui me parut être une éternité, j'entendis des pas à l'extérieur, puis le bruit du verrou que l'on tirait.

La porte s'ouvrit pour livrer passage non pas au gardien, mais à Tomas en personne. En le voyant, j'éprouvai un tel sentiment de gratitude que je dus me faire violence pour ne pas me jeter à son cou.

– Qu'y a-t-il ? Qu'est-ce qui s'est passé ? demandai-je d'un ton pressant.

Il m'adressa un sourire empreint de gravité.

– Nous avons découvert que le flacon contenait de la ciguë.

Je poussai un cri étouffé.

– Oui, de la ciguë, répéta-t-il, cette plante aux jolies fleurs blanches pareilles à de la dentelle qui a le pouvoir d'arrêter le cœur.

– Mais la reine n'a pas...

– Non, la reine n'en a pas bu.

Mes yeux se remplirent de larmes. Prise de faiblesse tant mon soulagement était grand, je m'affaissai contre le mur.

– Elle n'y avait pas renoncé, mais j'étais contre. Et quand on m'a remis ton gage, j'ai suggéré à Sa Majesté de tester l'élixir sur une personne moins indispensable que la reine d'Angleterre, et cette fois, elle m'a écouté.

– Et a-t-on trouvé cette personne non indispensable ? m'enquis-je, assez scandalisée.

– Il ne s'agissait pas d'une personne mais d'un canari jaune appartenant à l'une des demoiselles d'honneur de la reine.

– Il est mort ?

– Oui. Une seule petite gorgée a suffi. Il est aussitôt tombé à terre avec les griffes en l'air.

– Je le savais, dis-je, la voix tremblante.

– Mais comment pouvais-tu le savoir ?

Je le regardai, soudain embarrassée.

– J'avais fait un rêve à ce sujet.

– Ah ! fit-il avec un petit hochement de tête.

– Et comment Sa Majesté a-t-elle réagi quand il est apparu que la fiole contenait effectivement du poison ?

– Elle est devenue d'une pâleur mortelle et s'est évanouie. Il a fallu la ranimer.

Je poussai à nouveau un petit cri étouffé.

– Dieu soit loué, elle a un cœur de lion et une endurance exceptionnelle, et elle s'est vite rétablie grâce aux soins de ses suivantes, notamment une légère application d'huile de lavande sur les tempes qui a fait merveille. Grâce à toi aussi, bien entendu, ajouta-t-il avec un sourire.

Sur ce, il fouilla dans une de ses poches et me tendit mon groat en me regardant d'un air amusé.

– Et voilà ta précieuse pièce de retour ! dit-il en l'élevant pour me la passer autour du cou.

Quand je sentis ses doigts effleurer ma peau, je frissonnai.

– Mes mains sont-elles froides ? demanda-t-il.

J'étais sur le point de dire non, mais, craignant qu'il ne se rende compte que je frissonnais pour une tout autre raison, je marmonnai en rougissant :

– Un peu.

Pour cacher mon trouble, je me hâtai de demander si on avait découvert la véritable provenance de l'élixir.

Tom-le-fou acquiesça d'un signe de tête.

– Il a été remis à Sa Majesté par une fille du nom de Cicily, une nouvelle demoiselle d'honneur. Elle l'aurait tenu d'un domestique de confiance du Dr Dee – c'est du moins ce qu'elle a déclaré.

Je ne pus m'empêcher de sourire.

– La maisonnée du Dr Dee ne compte aucun domestique.

– Mais quand on a cherché cette fille, continua Tomas, elle s'est révélée introuvable. La jeune Cicily n'était occupée ni à coudre, ni à danser, ni à jouer à quelque jeu de société – elle n'était nulle part.

– Elle était partie ?

Tomas claqua des mains à la manière d'un magicien exécutant un tour.

– Eh bien, oui, elle s'était volatilisée. Et lorsqu'on envoya Kat Ashley en reconnaissance dans la chambre de Cicily, la jeune fille découvrit que toutes les robes de la fugitive avaient disparu, elles aussi, et que la pièce était vide. Mais pas complètement, car Cicily avait laissé derrière elle un tract défendant le bien-fondé de la revendication au trône de Mary Stuart, souveraine d'Écosse et cousine de la reine.

– C'est donc cette Cicily qui…

Tomas m'interrompit en hochant la tête.

– Elle n'a pas agi seule, bien entendu. Elle était certainement à la solde de quelqu'un d'autre – quelqu'un de beaucoup plus puissant et important qu'elle. Peut-être découvrirons-nous un jour qui était cette personne.

Dans l'intervalle, j'avais mis un peu d'ordre dans mon apparence, m'essuyant les yeux avec mon fichu, me lissant les cheveux et arrangeant mes jupons, aussi étais-je prête quand Tomas m'offrit son bras pour me ramener au palais à travers la longue série de caves obscures où les deux gardes m'avaient traînée quelque temps plus tôt.

– Vous êtes donc certain que Sa Majesté est maintenant convaincue de ma totale innocence ?

– Oui, acquiesça Tomas. En outre, elle t'est très reconnaissante pour la rapidité de ton intervention. Si reconnaissante même qu'à mon avis, tu auras sans doute sous peu des nouvelles de Sa Majesté.

Je rougis.

– Mon seul souhait serait de la servir fidèlement.

– Je le sais, répondit Tomas, et il se peut qu'il y ait pour toi un moyen particulièrement efficace de le faire.

Mon cœur se mit à battre à grands coups, car, bien entendu, cette phrase ne pouvait signifier qu'une seule et unique chose : la reine allait me prendre à son service.

– Vraiment ? fis-je.

– Vraiment. La reine reçoit présentement un ambassadeur étranger, mais tu auras bientôt de ses nouvelles. Et entre-temps, je vais te raccompagner dans la chambre extérieure où ton amie Isabelle t'attend et a déjà, je le crains fort, fait la connaissance d'un jeune et beau valet de pied. Tu peux rentrer chez toi maintenant, et vous vous raconterez toutes les deux vos aventures de la journée...

Je souris à Tom-le-fou. C'est à peine si j'avais entendu ses paroles. Entrer au service de la reine, devenir l'une de ses demoiselles d'honneur... Voilà ce dont j'avais toujours rêvé !

Chapitre dix-huit

Le lendemain, Mrs Midge m'envoya au marché de très bonne heure, car elle comptait préparer un festin pour célébrer le retour des maîtres de maison, allant même jusqu'à envisager d'ouvrir la salle à manger. Je n'avais eu aucun mal à lui cacher mon secret, car, en arrivant à la maison la veille, en fin d'après-midi, je l'avais trouvée affalée sur la table de la cuisine, la figure dans une écuelle, bref, complètement ivre. Au petit matin, elle n'avait même pas semblé se souvenir que j'étais allée au palais.

Je bâillai tout au long du chemin, car, dans ma surexcitation, j'avais passé la plus grande partie de la nuit tout éveillée à revivre chacun des grands moments de ce mémorable dimanche, auxquels j'avais beaucoup de mal à croire : le moment où nous avions été repérées au milieu d'une foule étincelante et choisies ; celui où j'avais bondi audacieusement vers la reine pour lui prendre le flacon des mains ; celui où j'avais été jetée dans le cachot; enfin et surtout celui – magnifique entre tous – où Tomas m'avait remerciée au nom de la reine en me disant que Sa Majesté me ferait signe sous peu. Que signifiait ce « sous peu »ʔ me demandai-je. Combien de temps faudrait-il attendre avant de commencer à travailler pour elleʔ Et quelles tâches pourrais-je être appelée à remplirʔ Je me faisais quelque souci, car je me connaissais bien peu de talents – même si j'étais désormais capable de lire assez bien –, mais je me disais qu'en ce qui concerne la musique, la danse, le chant et les choses de ce genre, je pourrais peut-être prendre des leçons.

Au marché, je trouvai Isabelle occupée à vendre de l'ail frais. Mais elle avait beau avoir une énorme provision de têtes d'ail dodues et juteuses à souhait dans sa corbeille de jardinier, elle bâillait de sommeil, elle aussi, et ne se donnait guère de mal pour vanter ses produits, laissant sa voisine, qui vendait également de l'ail, capter toute la clientèle.

Quand je vins m'asseoir à son côté, Isabelle sembla se ragaillardir.

– Tu as fini par venir!

– Mais il n'est pas tard.

– J'ai l'impression que si, j'ai pas fermé l'œil de la nuit.

– Tu pensais à ton beau valet de piedʔ la taquinai-je.

– Je pensais que tu avais réchappé de justesse à la Tour de Londres! rétorqua-t-elle. Un peu plus, et j'aurais dû te tirer de là!

Elle me pressa la main, et nous échangeâmes un sourire.

– Et moi, je n'ai cessé de passer et repasser dans ma tête tous les événements de la journée…

– Et est-ce que tu as refait le même rêve ? Celui avec Alice Vaizey ?

– J'ai à peine dormi – trop peu pour avoir le temps de rêver. Mais non, ajoutai-je après un temps de réflexion, je n'ai pas fait ce rêve-là, le rêve où la reine était morte.

– Chut ! fit Isabelle, et je plaquai aussitôt la main sur ma bouche, car, bien entendu, discuter de sujets tels que la mort de la reine était considéré comme une trahison.

Un groupe de ménagères passa alors devant nous.

– Ail frais ! s'efforça de crier Isabelle. Ail tout frais de saison !

Personne ne lui prêtant la moindre attention, elle se tourna de nouveau vers moi.

– Et que va-t-il arriver maintenant, à ton avis ? Combien de temps te faudra-t-il attendre avant d'être appelée au palais ?

– Pas trop longtemps, j'espère, répondis-je d'un ton légèrement fiévreux.

– Crois-tu que tu seras obligée de vivre là-bas ?

– Sans aucun doute, répliquai-je.

L'après-midi précédent, sur le chemin du retour, nous avions déjà débattu de cette question, et j'en étais arrivée à la conclusion que toutes les suivantes de la reine étaient dans l'obligation de vivre là où résidait Sa Majesté afin d'être prêtes à la servir à tout moment. Je précisai :

– Il me faudra certainement suivre la cour dans ses pérégrinations à travers le pays pour pouvoir être avec la reine dès qu'elle aura besoin de moi.

Isabelle me lança un regard rêveur.

– En ce cas, tu me manqueras beaucoup.

– Peut-être pourras-tu me rendre visite, répondis-je avec hésitation, car j'ignorais tout du protocole de la cour en la matière.

– Penses-tu que tu auras ta propre chambre ?

– Sûrement ! Et qui plus est, une confortable indemnité pour les frais de garde-robe ! Il serait en effet impensable que les suivantes de la reine ne soient pas à la dernière mode. J'ai entendu dire – par une grande dame de Hazelgrove qui vivait au palais de Whitehall – que le palais engage une femme tout exprès pour les coiffer, et que les demoiselles d'honneur – le dessus du panier – ont chacune leur servante attitrée.

– Oh ! s'exclama Isabelle d'un ton assez découragé. Mais tu ne seras donc pas triste de quitter Beth et Merryl ?

– Si, bien sûr, fis-je, mais je reviendrai leur rendre visite. Et je reviendrai te voir, toi aussi.

Cette petite promesse ne sembla guère lui remonter le moral.

– Tu m'oublieras, dit-elle tristement. Tu te feras de

nouvelles amies – de belles dames – et tu m'oublieras complètement.

– Bien sûr que non ! rétorquai-je, quoique, pour tout avouer, je me fusse déjà posé la question.

Certes, Isabelle me manquerait, et aussi les deux petites filles, et même Mrs Midge, mais l'attrait de la vie à la cour ne compenserait-il pas largement tout cela ?

Après m'être procuré au marché toutes les denrées que Mrs Midge avait demandées, y compris une belle oie bien dodue que je jetai sur mon épaule, je pris le chemin du retour. Dans un élan de joie pure, je fredonnais un petit air quand, juste au moment où je traversais le chemin pour passer devant l'église Sainte-Marie, je vis sortir de l'ombre une silhouette encapuchonnée de noir. M'empoignant par le bras, elle ou plutôt il m'attira sous le porche.

– La charité, madame ! dit-il d'une voix rauque. Veuillez aider un pauvre mendiant qui vient de réchapper d'une horrible maladie très contagieuse…

Avec un petit cri de frayeur, je tentai d'écarter d'un geste la main qui me retenait prisonnière, mais, à ma grande surprise, je constatai que le mendiant avait une poigne de fer.

– Lâchez-moi ! criai-je. Je n'ai pas d'argent sur moi !

– Alors, je vous en supplie, donnez-moi cette belle oie que vous portez sur votre épaule, répliqua la voix fêlée, car ce qu'on nous donne à manger à l'hospice suffirait à peine à maintenir un loir en vie.

– Ce ne sont pas mes provisions, dis-je. Elles appartiennent à mon maître et à ma maîtresse, et ils me battront si je rentre à la maison les mains vides.

L'étau de sa main se resserra quelque peu.

– Eh bien, en ce cas, il faudra leur dire que vous avez été attaquée par un vieux mendiant rongé par la maladie qui a menacé de vous faire du mal si vous ne lui donniez pas votre belle oie – et un baiser, par-dessus le marché !

– Un baiser ! m'écriai-je, horrifiée, en me disant que je préférerais lui donner l'oie ainsi que tout mon panier de provisions, avec toutes les conséquences que cela impliquerait, plutôt qu'embrasser le visage ravagé par la peste ou quelque maladie que ce fût qui se dissimulait sous le capuchon crasseux.

– Ma figure est-elle si répugnante, madame ?

Le dos courbé, la tête penchée sur le côté, il levait maintenant les yeux vers moi, mais le porche, déjà sombre, étant surplombé par un if gigantesque, c'est à peine si je pouvais distinguer ses traits.

Je plissai les yeux pour tenter de voir ce que je ne voulais voir à aucun prix. Qu'avait-il sur la joue ? Étaient-ce les bubons de la peste ? Tremblante, j'essayai de contrôler ma réaction, car je ne voulais surtout pas le provoquer. Je tentai même d'esquisser un sourire, mais je ne parvins qu'à un piètre résultat.

Il m'attira alors plus près de lui.

– Refuseriez-vous un baiser à un pauvre vieillard proche de la mort?

– J-je…, j-je…, bégayai-je.

– Ou peut-être préféreriez-vous embrasser le fou de la reine?

Je poussai un petit cri de surprise.

– Que voulez-vous dire?

Je perçus soudain un étrange rire dans la voix du mendiant.

– C'est moi, Tomas, dit-il.

Et, se redressant, il desserra son étreinte, et sa poigne d'acier se fit presque caresse.

– Pardonne-moi, Lucy, je suis arrivé ici déguisé et – faut-il que ma passion pour mon métier soit grande! – je n'ai pu résister au plaisir de te jouer un bon tour.

– Ce n'était pas un bon tour! m'exclamai-je en retirant ma main d'un geste vif. C'était cruel, au contraire, et vous m'avez effrayée. En outre, ce n'est pas une heure pour se livrer à des pitreries – il est bien trop tôt!

– Il n'est jamais trop tôt pour moi. Peu importe si la matinée n'est pas très avancée: comme les soucis, mon esprit s'ouvre avec le soleil.

– Il n'y a pas beaucoup de soleil aujourd'hui, rétorquai-je avec entêtement.

– Lucy, je suis désolé, dit Tom-le-fou en posant sa main sur mon épaule. Sincèrement désolé. À force de vivre à la cour où tout est mensonge et artifice, je finis par ne plus savoir ce qu'est une sensibilité normale.

Je levai les yeux mais je ne parvins à entrevoir, sous son capuchon, que ses yeux gris étincelants et sa bouche incurvée en un sourire.

– Alors… Alors si vous êtes sincèrement désolé, acceptez-vous de retirer votre capuchon et de me laisser voir votre figure ?

– C'est impossible, dit-il, car je suis venu déguisé pour une raison particulière.

Maintenant que les battements de mon cœur s'étaient apaisés, je l'observai avec un intérêt croissant. Sa présence ici devait certainement avoir un rapport avec mon introduction à la cour. Peut-être allait-il me demander de partir avec lui dès maintenant pour commencer à assumer mes nouvelles responsabilités.

Tom-le-fou jeta un coup d'œil à la ronde pour vérifier si personne ne nous épiait.

– J'ai discuté avec Sa Majesté très avant dans la nuit, dit-il, semblant ainsi confirmer mes plus grandes espérances. Kat Ashley et Sir Thomas Walsingham étaient présents, eux aussi, à ce débat.

– Thomas Walsingham ? Le chef des services secrets de la reine ? demandai-je, intriguée.

– Oui. Si personne d'autre que nous quatre ne participait à cette discussion, c'est que Sa Majesté ne souhaite pas que ses loyaux sujets sachent que leur reine a été à deux doigts d'absorber du poison à son insu. Ou, ajouta-t-il en baissant la voix, que l'Angleterre a été à deux doigts de se retrouver sans souveraine.

Je hochai la tête sans prononcer un mot.

– Nous avons aussi parlé de toi et réfléchi à la meilleure façon de te récompenser.

Je me sentis rougir.

– Je ne souhaite d'autre récompense que le bonheur de servir Sa Majesté, répétai-je.

– Telle est justement la raison pour laquelle la reine m'a envoyé ici ce matin : j'ai une proposition à te faire de sa part.

– Vraiment ? dis-je pour m'écrier aussitôt, avant même d'avoir pu m'en empêcher : Alors dites-moi vite, quand dois-je devenir demoiselle d'honneur de la reine ?

À ma grande déconfiture, il se mit à rire.

– Demoiselle d'honneur de la reine ? Non, je crains que tu ne sois pas appelée à ce genre de fonction.

– Non ? demandai-je en lui lançant un regard consterné.

– Chère Lucy, répondit Tom-le-fou, tu serais très malheureuse dans une telle situation. Vois-tu, les jeunes femmes de l'entourage de la reine sont des ambitieuses : elles ne songent qu'à leur élévation et sont prêtes à décocher des ruades comme des ânesses si elles s'imaginent qu'une autre fille usurpe leur position sociale.

– Oh !

C'est tout ce que je fus capable de répondre, et j'eus tout le mal du monde à retenir une puérile moue de déception.

Tom-le-fou posa sa main sur mon bras.

– Ce sont des filles titrées, m'expliqua-t-il d'une voix douce. Elles ont un niveau d'éducation très élevé et sont extrêmement conscientes de leur place dans le monde. Elles envisagent avant tout la cour comme une foire au mariage et sont en perpétuelle rivalité les unes avec les autres : c'est à qui trouvera le plus beau parti.

– Ainsi, parce que je n'ai pas de titre…, commençai-je, les larmes aux yeux.

– Remercie Dieu de ne pas avoir de titre, m'interrompit-il, car la reine souhaite te confier une mission autrement plus exigeante.

Je scrutai du mieux que je pus son visage toujours dissimulé sous le capuchon.

– Et quelle est cette mission ?

– Sa Majesté voudrait que tu espionnes pour elle.

– Que j'espionne pour elle ? répétai-je d'un air incrédule.

– Ou que tu observes, si tu préfères. Sa Majesté, ajouta-t-il en me pressant le bras, sait que le Dr Dee lui est fidèlement dévoué, mais elle craint que les personnes de son entourage ne soient pas de la même trempe. Sa Majesté veut savoir ce que les gens disent d'elle dans les rues, au marché et à l'église, dans les foires d'embauche et lors des combats d'ours et de chiens. Elle veut savoir, en bref, quelle est la véritable opinion du peuple : si l'on conteste le moins du monde son règne ; si certains ont des sympathies pour sa cousine Mary et l'ancienne religion catholique... De toutes ces choses, elle souhaite être informée.

– Mais comment les découvrirai-je ?

– Tout simplement en vaquant à tes tâches quotidiennes dans la maison du Dr Dee et en ouvrant tout grand tes yeux et tes oreilles. De plus, il se peut que de temps à autre, je te dirige vers tel ou tel lieu et te demande d'observer le comportement d'un individu particulier.

– Et le Dr Dee sera-t-il au courant de cela ?

Tomas secoua la tête.

– Non. Il ne saurait l'être. Il serait souhaitable que le moins de gens possible soient au courant. Sa Majesté imaginera quelques petites missions officielles à te confier pour justifier tes allers et retours entre Mortlake et les diverses résidences de la cour et faire en sorte que ta présence intermittente passe inaperçue.

– Je... Je ne serai donc pas demoiselle d'honneur de la reine ? insistai-je.

– Non. Tu resteras la servante du Dr Dee, une honnête fille digne de confiance mais sans éducation vaquant à ses occupations quotidiennes. On ne saurait soupçonner une personne de ce genre, aussi tous parleront librement devant toi.

Je soupirai.

– J'aspirais tant à vivre à la cour !

– La cour est pareille à une scène de théâtre, Lucy, dit-il en me pressant la main. Il n'y a là-bas que des acteurs jouant un rôle, et tout y est faux. Rappelle-toi cela chaque fois que tu y passeras.

– Mais est-ce que je vous verrai quelquefois ?

– Sans nul doute, répondit-il en riant. Mais quant à savoir si tu me reconnaîtras... c'est une autre affaire !

Il porta ma main à ses lèvres, puis embrassa ma paume et replia, un à un, mes doigts sur le baiser.

– Garde ça précieusement jusqu'à ce que je te revoie, dit-il.

Quelques secondes plus tard, il avait disparu.

Songeuse, je poursuivis mon chemin en direction de la maison du magicien. Bien que j'eusse rêvé de tout autre chose, mon existence était bel et bien sur le point de changer. Et ce changement promettait d'être intéressant...

Note de l'auteur
sur les personnages

C'est délibérément que je n'ai pas donné de dates précises aux différents événements de ce livre, mais l'histoire se situe au début de la seconde moitié du règne d'Elizabeth Ire, qui avait alors un peu plus de quarante ans. À cette époque, ses ministres n'avaient pas encore renoncé à l'espoir de la voir se marier et peut-être même procurer à l'Angleterre l'héritier dont le pays avait tant besoin. Les sujets de Sa Majesté spéculaient beaucoup sur l'identité de l'éventuel ou des éventuels amants de la reine. Robert Dudley, comte de Leicester, était son favori de longue date, mais bien des jeunes dandys dépensaient des fortunes en vêtements et en colifichets dans le seul but de se faire remarquer par leur souveraine. Le duc français d'Alençon lui avait fait une cour assidue pendant plusieurs années, et ils avaient même échangé des anneaux, mais sa religion catholique (quand la reine était protestante) et sa qualité d'étranger avaient fini par jouer en sa défaveur.

Nombre des personnages mentionnés dans ce livre ont existé : Walsingham, Kelly, Robert Dudley, et, bien entendu, le Dr John Dee. Dee avait beau être un brillant esprit, à la fois mathématicien, cartographe, linguiste et érudit, il n'en était pas moins, semble-t-il, très crédule. Kelly, son assistant qui avait le don de voyance, prétendait avoir eu des conversations avec plusieurs esprits qui l'avaient renseigné sur l'art de transformer le métal ordinaire en or, mais malheureusement, les instructions laissées par ces esprits étaient rédigées dans une écriture angélique si compliquée qu'elles ne purent jamais être correctement déchiffrées. Tous les philosophes / savants de l'époque cherchaient la « pierre philosophale » susceptible de transformer n'importe quel métal en or et de conférer l'immortalité. Certains objets magiques ayant appartenu au Dr Dee sont exposés au British Museum, entre autres une plume et un dessin à l'encre de l'époque censé représenter Dee et Kelly dans le cimetière de Mortlake, en train de parler à un esprit que Dee aurait réveillé d'entre les morts.

Les gens étaient très superstitieux au XVIe et au XVIIe siècle, et l'astrologie était une science tout à fait honorable. Les familles qui en avaient les moyens faisaient dresser l'horoscope de leur enfant dès sa naissance afin de connaître le destin qui l'attendait. On consulta le Dr Dee pour savoir quel était le jour le plus faste pour le couronnement de la reine Elizabeth, et celle-ci se rendit à plusieurs reprises dans sa maison de Mortlake.

Aujourd'hui, il ne reste rien, hélas, de la maison du Dr Dee et surtout de sa bibliothèque (qui passait jadis pour la plus grande bibliothèque privée du pays) – sinon un mur dans le cimetière, qui devait conduire à son jardin. Il ne reste pas grand-chose non plus du palais de Richmond, à l'exception d'un pittoresque passage voûté et de quelques murs antiques.

Lucy est, bien entendu, un personnage de fiction, mais le Dr Dee et sa famille avaient sans nul doute des domestiques, et il est fascinant d'essayer d'imaginer ce qu'ils pensaient de leur maître et de ses expériences dans le domaine de la magie. Le Dr Dee vécut très vieux, il eut deux épouses et huit enfants, mais n'obtint jamais la célébrité et la fortune auxquelles il aspirait tant. Bien au contraire, il mourut presque sans le sou en 1608, à l'âge de quatre-vingt-un ans.

Au cours de sa vie, la reine Elizabeth eut plusieurs bouffons et fous. Ils vivaient à la cour à seule fin de la faire rire et d'alléger le poids de ses devoirs de souveraine. Cependant, il y avait parmi eux des fous sages qui, tout en affectant de ne proférer que des absurdités, lui donnaient en réalité d'excellents conseils. L'un de ses bouffons préférés était Thomasina, une naine qui l'accompagnait dans ses nombreux voyages à travers le pays. Il y avait aussi Monarcho, un fou italien, et toute une famille de bouffons : les Green. Étant donné que la reine disposait d'un réseau d'espions travaillant sous les ordres de Sir Francis Walsingham, il ne semble pas exagéré de supposer que Tomas était à la fois un bouffon et un espion.

On attenta à de nombreuses reprises à la vie d'Elizabeth. C'était principalement le fait des partisans de Mary Stuart, la reine catholique des Écossais. Petite-fille de Henry VII au même titre qu'Elizabeth, elle avait de bonnes raisons de revendiquer le trône d'Angleterre. En 1585, le réseau d'espions de Sir Francis Walsingham parvint à déchiffrer la correspondance codée d'Antony Babington avec Mary, mettant ainsi à jour un plan très élaboré pour détrôner Elizabeth et placer Mary sur le trône d'Angleterre. Ces attentats ne cessèrent de se multiplier, impliquant parfois des puissances étrangères, jusqu'à ce qu'Elizabeth finît par signer à contrecœur, en 1587, l'arrêt de mort de sa cousine Mary.

Comment confectionner des faisceaux de lavande

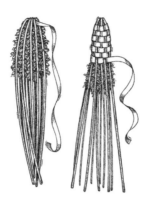

Prenez au moins treize (il est préférable que ce soit un nombre impair) tiges de lavande fraîche, bien longues, et deux ou trois aunes* (la quantité dépendra de la longueur de vos tiges) de ruban étroit de la couleur qui vous plaira.

- Assemblez en un bouquet les tiges de lavande en prenant soin de les aligner non pas sur le sommet des fleurs mais sur leur base.
- Attachez soigneusement les tiges ensemble – juste sous les fleurs – à l'aide du ruban en veillant à laisser une extrémité plus longue que l'autre. La plus courte des deux doit cependant être plus longue que la longueur totale des têtes de fleur.
- Recourbez avec précaution chacune des tiges autour des têtes de fleur jusqu'à ce qu'elles soient complètement prisonnières, comme à l'intérieur d'une cage, en gardant le bout le plus long à l'extérieur et en laissant pendre le plus

court dans la « cage ». Enfin, étalez un peu les tiges de manière à ce qu'elles soient bien réparties autour des fleurs.

• Prenez l'extrémité la plus longue du ruban, passez-la tour à tour sous et sur chaque tige avec des mouvements fermes et réguliers, en prenant garde à bien serrer les tiges, jusqu'à ce que les fleurs soient toutes recouvertes.

• Faites un nœud solide à la base de la « cage » avec les deux bouts du ruban, et finissez par une grosse cocarde.

Suspendez dans votre penderie cette botte de lavande : elle parfumera vos vêtements et tiendra les mites à l'écart.

Glossaire

Aiguière: ancien vase à eau, muni d'une anse et d'un bec.

Armure: mode de croisure de base des fils de chaîne (qui suivent la longueur du tissu) et des fils de trame (qui vont d'un bord à l'autre).

Aune: ancienne mesure de longueur (1,18 m, puis 1,20 m) supprimée en 1840.

Brandebourg: cordon de tresses nouées autour des boutons des habits.

Brasero: bassin de métal ou de terre cuite rempli de charbons ardents et posé sur un trépied sur lequel on pouvait réchauffer des plats.

Cardeur de laine: personne effectuant le cardage de la laine, c'est-à-dire l'opération qui consiste à peigner, démêler et isoler les fibres avant le filage.

Céruse: colorant blanc (à base de carbonate de plomb) qui servait, à l'époque, de maquillage.

Chemise de jour ou de dessous: vêtement de dessous en

batiste (pour les hommes comme pour les femmes). À partir du XVᵉ siècle, elle se laisse soupçonner à l'encolure.

Couches : alitement de la femme qui accouche (avant et après la naissance).

Écuelle : sorte d'assiette large et creuse avec couvercle, sous-plat et anses fixes ou « oreilles » (sur les côtés, près du rebord), utilisée pour manger les soupes, les potages et les bouillies (notamment le porridge).

Écuyer : intendant des écuries d'un prince ou d'un roi.

Fraise : sorte de collerette en batiste, plissée et empesée, presque toujours garnie de dentelles sur un ou plusieurs rangs. En Angleterre comme en Espagne, elle était souvent plus haute derrière que devant.

Gaillet jaune : paille de qualité.

Garnement : chacune des pièces composant une tenue de femme à cette époque. Ces différentes pièces (corps-de-jupe ou corsage, bas-de-jupe ou jupe proprement dite, jupon, collerette et manches) étaient ajustées durant l'habillement à l'aide d'épingles.

Gentry : la noblesse étant réservée en Angleterre à celui qui porte un titre, les cadets des familles nobles et leur descendance constituent la gentry – avec les chevaliers, les *squires* et tous ceux que leur éducation et leur genre de vie rapprochent d'eux –, distincte de la bourgeoisie et de la riche paysannerie, mais assez ouverte.

Gloriana: surnom de la reine Elizabeth.

Groat: pièce d'argent anglaise valant quatre pence et utilisée du XIVe au XVe siècle.

Harpie: mégère, femme méchante, acariâtre.

Litière: sorte de lit ambulant entouré de rideaux et porté sur un double brancard.

Maison de correction: à cette époque, le système de lois des pauvres prévoyait d'envoyer les oisifs (incapables) en maison de correction et de clouer les ivrognes au pilori.

Morris dance: danse champêtre travestie dans laquelle les danseurs représentent les personnages de la légende de Robin des Bois.

Nécromancie: science occulte qui prétend faire apparaître les morts pour obtenir d'eux des révélations, notamment sur l'avenir.

Posset: boisson chaude légèrement épicée à base de lait caillé et de bière (plus rarement de vin de Bordeaux).

Scabieuse: plante herbacée sauvage utilisée autrefois comme dépuratif.

Simples (ou herbes médicinales): médicaments à base de plantes.

Taffetas: étoffe de soie très serrée à armure unie.

Teinture : préparation à base d'alcool où l'on incorpore une ou plusieurs substances médicamenteuses.

Tranchoir (ou tailloir) : planche de bois ou d'étain sur laquelle on coupait la viande mais qui servait aussi d'assiette.

Vain(e) : vaniteux (se) (au sens où ce mot était employé à l'époque).

Vertugadin : bourrelet que l'on fixait sous la jupe pour la faire bouffer autour des hanches.

L'auteur

Mary Hooper est née dans le sud-ouest de Londres, qui sert souvent de cadre à ses romans. La lecture de nouvelles la décide un jour à se lancer dans l'aventure de l'écriture et elle adresse un premier texte à une revue qui le retient pour publication. Mary Hooper n'a dès lors plus cessé d'écrire des romans, qui ont souvent une toile de fond historique. Elle est mariée et mère de deux enfants.

La Maison du magicien constitue le premier tome d'une trilogie dans laquelle on retrouve la reine, Lucy l'espionne et Tom-le-fou.

Maquette : Maryline Gatepaille

ISBN : 978-2-07-061865-1
N° d'édition : 157058
Loi n° 49-956 du 16 juillet 1949
sur les publications destinées à la jeunesse
Dépôt légal : mai 2009
Numéro d'impression : 73641
Achevé d'imprimer sur Roto-Page
par l'Imprimerie Floch à Mayenne
Imprimé en France